KB005073

당신은 빙하 같지만 그래서 좋다고
말하는 사람이 있어

당신은 빙하 같지만 그래서 좋다고
말하는 사람이 있어

소설가가 책상에서 하는 일

한은형 에세이

이봄

세 발 달린 개가 없었더라면

세 발 달린 고양이를 본 적이 있다. 걷는 것도 아니고 그렇다고 뛰는 것도 아니었다. 다리 하나가 없으니 그럴 수밖에 없었다. 황홀한 자태에 홀려 한참을 서 있었다. 이게 다 세르반테스 때문이다. 『돈키호테』에서 이런 문장을 읽었으므로. "세상에 없는 세 발 달린 고양이 찾느라 괜히 고생하시지 말구요." 그 밤에 나는 돈키호테도 찾지 못한 그 귀한 것을 보았던 것이다. 그리고 밀란 쿤데라의 『참을 수 없는 존재의 가벼움』에 나오는 세 발로 걷는 개, 카레닌에 대해 생각했다.

카레닌의 이름이 카레닌인 것은 『안나 카레니나』 때문이다. 토마스에게로 무작정 올 때 테레사는 겨드랑이에 이 책을 끼고 왔고, 이 책은 둘 사이의 '테마 책'이 된다. 그래서 토마스는 그들이 키우는 개의 이름을 '톨스토이'로 부르려 한다. 테레사는 이렇게 반문한다. "여자인데 톨스토이라고 부를 순 없죠. 안나 카레니나라고 부르죠." 다시 토마스의 반박. "이렇게 조그맣고 우습게 생긴 얼굴을 가진 여자가 어디 있어? 안나 카레니나라고 부를 순 없지."

이런 이유로 외모가 출중하지 못한 이 '여자 개'는 카레니나의 '남성형'인 카레닌을 이름으로 얻게 되었던 것이다. 카레닌은 카레니나의 남편이기도 하며, 또 우스꽝스러운 외모를 가진 남자로 묘사된다. 여느 주인공 못지않은 문제적인 등장이다.

내가 카레닌을 좋아하게 된 것은, 이 개의 개답지 않은 분별심 때문이었다. 카레닌은 개들은 무시하고 돼지를 더 좋아한다. "개들은 항상 개집에 묶여 있고 이유 없이 멍청하게 짖어댔기 때문이었다. 카레닌은 희귀한 것의 가치를 제대로 평가했으며, 나는 그가 돼지와의 우정에 애착을 갖는다는 표현까지도 쓰고 싶은 심정이다." 카레닌이 교우하는 이 돼지의 이름은 메피스토. 톨스토이와 격이 맞으려면 괴테쯤은 되어야 한다는 쿤데라 식 유머랄까.

괴테가 아니라 토마스 만일 수도 있다. 토마스 만도 파우스트와 메피스토에 대한 이야기를 썼고,『참을 수 없는 존재의 가벼움』에 나오는 두 남자 중 하나인 '토마스'는 '토마스 만'으로부터 따왔다고 하니 말이다.(다른 한 남자 '프란츠'는 '프란츠 카프카'에서 따왔다고.) 과연 메피스토는 카레닌과 급이 맞는 돼지답다. "그는 사람 말에 복종했고 아주 깨끗하고 붉은 빛이 감돌았으며", "작은 나막신 같은 발로 종종걸음을 쳤다." 이렇게 사랑스러우니 카레닌에게는 편애의 대상이 되었고, 마을 사람들은 메피스토를 데리고 읍내로 춤을 추러 가려고까지 한다.

　이 소설은 꽤 슬퍼서 읽을 때마다 고통스러운데, 카레닌과 메피스토 때문에 더 그렇다. 이 작고 연약한, 주인 없이 살 수 없는 존재들이 등장할 때면, 빛이 뿌려지는 것 같다. 기쁨이 오히려 슬픔을 대비시키는 것처럼, 이들의 밝음이 주인공들의 어두움을 오히려 강조하고 있다고 할까.

*

　이 책은 그 우스꽝스럽게 생긴 개, 카레닌으로부터 시작되었다. 카레닌은 내 마음에 흔적을 남겼던 것이다. 카레닌으로부터 시작해 내 마음에 흔적을 남겼던 캐릭터들을 하나씩 '소환'해보기로 했다. 그냥 하는 건 재미없으니까 꼬리에 꼬리를 무는 방식으로 하기로 정했다.

카레닌은 당연히 안나 카레니나로 이어졌고, 안나로부터 로테가 솟아 나왔고, 로테는 엠마로 연결되었고… 이 연결짓기를 계속하다 보니 29명의 여자들에 대해 쓰게 되었다. 총 28편의 글을 썼는데 29명이 된 이유에 대해서도 말하고 싶다. 안나 카레니나에 대해서는 할 말이 많아서 2편을 썼고, 『맥베스』에 나오는 세 마녀에 대해서 써서 29명이 되었다.

책을 묶기 위해 원고를 다시 읽으면서 알게 되었다. 내가 왜 이토록이나 캐릭터에, 그들의 성격에 집착했는지 말이다. 내 성격에, 내 캐릭터에 문제가 있기 때문이었다. 나는 편한 사람이 못 되어서 '유별나다'라거나 '까다롭다'라는 말을 들으며 아직껏 살아왔는데, 그래서 다른 '문제적인 성격'을 지닌 인물들에 끌렸던 것 같다. 성격으로 인해 곤란을 겪기도 하고, 무언가를 얻기도 하고, 또 잃기도 하는 그들을 보면서 나는 느낀다. 그들이 그런 성격으로 살고 싶어서 그렇게 사는 게 아니라는 걸, 그들도 자기 자신을 어쩔 수 없다는 걸 말이다. 나도 이런 성격으로 살고 싶어서 이렇게 사는 게 아닌 것처럼 말이다.

누구에게도 인생은 쉽지 않다. 내가 읽고 쓴 29명의 그녀들 모두 자신의 성격으로 인해 어려운 시간을 보내고 있었다. 그녀들의 이야기를 읽는다면 인생에 도움이 될까? 그렇지 않다고 생각한다. 인생은 알고도 속고 모르고도 속는 것. 하지만, 인생이 마음대로 되지 않는다고 해서 겁먹을 필요는 없다. 우리에게는 대신 재미가 있으니까. 그녀들은 정말 재미있는 사람들이며, 내 글도 꽤나 재미있기 때문에, 아마 이 글을 읽는 당신도 재미있을 거라고 생각한다. 이런 재미는, 잠시나마 인생을 괜찮게 보이게 해준다.

'나'는 '너'로 인해 '내'가 된다는 히스클리프와 캐서린의 이야기처럼, 나 또한 내가 채집한 29명의 여자들로 인해 더 내가 될 수 있었다. 그녀들은 나를 비추는 거울이었고, 그래서 그녀들은 모두 나였다. 또, 그녀들 이전에 나를 만들어준 두 강력한 성격에 대해서도 이야기해야겠다. 세상의 거의 모든 일들에 호기심을 보이며 여전히 아이처럼 눈동자를 빛내는 아빠와 검객 같기도 하고 시인 같기도 한 어디에서도 본 적이 없는 언어감각을 지닌 엄마 덕에 나는 이렇게 '내'가 되었다. 나는 그 둘 같은 캐릭터를 어디서도 본 적이 없다.

매주 두 편씩 원고를 보내고 답을 기다리며 보낸 시간이 있었다. 고미영 대표와 성유경 편집자가 내 원고에 일일이 코멘트를 달아주었기 때문이다. 오로지 독자가 나 혼자뿐인 그 글은 따뜻했고, 예리했고, 또 재미가 있었다. 그래서 계속해서 그 코멘트를 읽기 위해서라도 나는 원고를 꼬박꼬박 보낼 수밖에 없었다. 두 분이 아니었더라면, 이렇게 책을 엮지 못했을 것이다.

이야기가 나온 김에 조금 더 덧붙이자면, 이봄 편집부에서 이 책의 홍보 문구로 뽑아주신 "꿋꿋하고 강한 사람"이라는 문장을 보고 웃음이 터졌더라는 말을 하고 싶다. 나는 그간 창피한 일을 많이도 저질렀기에 꿋꿋하다거나 강하다는 말이 낯설었다. 그런데 이 이야기를 이렇게 쓸 수 있다는 것, 그러니까 나는 약한 사람이라고 말할 수 있게 된 것만으로도 충분히 "강한 사람"이지 않나 싶다.

그래서 일단 올해는 꿋꿋하고 강하게 살아보기로 한다. 나의 그녀들처럼 말이다.

그녀들이 너무 멋져서 애정과 우정을 담아 쓸 수 있었다.

차
례

"저분은 안나가 자기 감정을
희롱할 수 없는 여자라는 걸 모르고 있어요."

———

레프 톨스토이,『안나 카레니나』

너무 많이 느끼는 안나

안나 카레니나보다 더 유명한 여자가 있을까. 나는 알지 못한다. 안나 카레니나보다 더 매력적인 여자가 있을까. 아마 없을 거라고 생각한다. 작가인 톨스토이는 이런 일화를 남겼다. 무심코 집어든 책이 너무 재미있어서 한참을 읽다가 표지를 봤더니 자기가 쓴 『안나 카레니나』였다고.

그러나 내게는 이 책이 '너무' 재미있지는 않았다. 역설적인 말이지만, 너무도 잘 이해되었기 때문이다. 이 책을 읽는 일은 마흔여덟 조각으로 된 퍼즐을 맞추는 일처럼 쉬웠다. 나는 좀 꼬인 사람인지 '너무도 잘 이해'되는 것들은 역시나 시시하게 느껴진다. '안나 카레니나'가 시시하다는 것은 절대 아니지만.

　이 작품은 '소설가들이 뽑은 세계 최고의 소설'이라는 영예의 권좌에서 내려온 적이 별로 없는데, 나는 소설가가 되었을 때 이 책을 읽지 않은 상태였다. 술자리에서 한 '남자' '평론가'는 내게 이렇게 말했다. "여자 소설가가 어떻게 『안나 카레니나』를 안 읽었어요? 그건 좀 창피한 일 아닌가?" '그런 말을 하는 당신이 창피한 걸걸요?'라고 웃으며 응대해주고 싶었지만, 그냥 웃고 말았다. 나는 말이 안 통하는 사람들과도 소통하고 싶을 만큼 열정이라든가 신념이 센 사람은 아니라서.

　이런 말을 해주고 싶긴 했다. 1000페이지가 훨씬 넘는 『안나 카레니나』는 너무 두껍고, 세상에는 『안나 카레니나』를 읽는 대신 할 수 있는 일이 너무도 많다고. 그렇지 않나요? 어떤 소설가는 이런 말을 했다. 제임스 조이스의 『율리시스』는 작가가 아니면 굳이 읽지 않아도 된다고. 『율리시스』를 읽는 날이 올까 싶지만 어쨌거나 나는 『안나 카레니나』를 다 읽고 나서 이렇게 생각했다. 태어나서, 글을 알아서, 이 책을 읽을 수 있어서 너무도 다행이라고. 이 책은 '여자 소설가'만 읽어야 하는 책이 아니라 사람이라면 읽어야 하는 책이었다. 이렇게 마음에 흔적을 남기는 책은, 또 이렇게 마음에 흔적을 남기는 인물은, 드문 것이다.

그래서 안나 카레니나부터 성격채집을 시작하기로 한다. 나는 어느 순간 내가 꽤나 사람을 좋아하는 부류라는 것을 자각하게 되었다. '클래식'이라고 부르는 고전 소설을 좋아하는 것도 그런 이유에서다. 거기에는 인물들이, 성격들이 살아 숨쉬고 있기 때문이다(어쩔 때는 체온과 체취가 느껴지기도 한다). 그런 저마다 다른 사람들, 성격들을 생각하면 깊은 구멍으로 빨려 들어가는 기분이 든다. 토끼 굴로 떨어지고 있는 앨리스가 된 듯한 마음이랄까.

"안나 카레니나의 매력을 한마디로 말해봐"라고 누군가 물어준다면 좋겠다. "너무 많이 느끼는 여자야"라고 말하고 싶기 때문에. 표정에 느낌을 가득 담아서 말이다. 안나라는 캐릭터가 보여주는 공감과 이해, 분별과 발견의 능력은 인간의 것으로 여겨지지 않는다. 여신이랄까?

소설의 도입부에서 오빠네 가정의 파탄을 조정하며 등장하는 안나를 보면서 올림포스 산에 사는 지혜의 여신 아테나가 강림한 줄 알았다. "난 몰라, 네 마음속에 오라버니에 대한 사랑이 얼마나 남아 있는지. 용서할 수 있을 만큼의 사랑이 아직 남아 있는지 어떤지는 너만이 알고 있을 테니까요. 만약 그만큼의 사랑이 있다면, 그를 용서해줘!" 안나는 이렇게 말하는 여자인 것이다.

나도 이런 말을 꼭 하고 싶다는 욕망이 들끓었다. 이 말을 하는 것만으로 나도 꽤나 괜찮은 인간으로 격상될 것 같았기 때문이다. 남녀노소를 반하게 하는 안나라는 이 여자는 그런 완전무결한 인간에게 흔히 따라다니는 자부나 오만과는 무관한 데다 관대하고 지혜롭기까지 하다. 나는 이런 인물에 백전백패하고 만다. '진 느낌'이랄까.

안나를 만나고서야 알았다. 매력적인 이성이 되려면 일단 매력적인 인간이 되어야 한다는 것을. 그렇다… 이것은 어쩐지 거대한 깨달음이어서 좀 체할 것 같았다. 인간으로서의 모자람과 모난 성격을 누구보다도 잘 알고 있는 나는 매력적인 인간으로는 하루도 살다 죽을 수 없을 것 같다는, 그래서 누구에게도 온전히 사랑받을 수 없을 것 같다는 비극적인 생각이 드는 것이다. 매력적인 인간이 되는 것 같은 원대한 꿈은 일단 접고, 매력적인 이성이라도 되려면 어떻게 해야 하는가.

톨스토이가 포착한 것은 생기다. "그녀의 얼굴 가운데서 노닐기도 하고 반짝이는 두 눈과 살포시 짓는 미소로 실그러진 붉은 입술 사이를 팔딱팔딱 뛰어 돌아다니기도 하는 짓눌린" 생기生氣. 그러니까 삶에 대한 의지. 이 생기가, 안나가 영위하던 카레닌과의 사랑 없는 결혼을 견딜 수 없는 것으로 만든다. 안나는 "살아 있는 사람이며 내게는 죄가 없다는 것을, 신이 나란 사람을 사랑하고 살아 숨쉬어야 하는 인간으로 만들어놓았다는 것을" 깨닫기 때문에.

많이 느끼고 많이 알아서 괴로운 여자, 안나는 살기 위해서 솔직할 수밖에 없었다. 그래서 "뭔가 기괴하고 악마적인 힘으로" 끊임없이 누군가를 매혹시키려 했던 걸까. 오빠의 아이들, 귀족의 젊은 영애令愛, 테니스를 치는 남자, 누군가의 남편, 그리고 브론스키. 그런 장면들에서 안나는 이런 사실을 알려준다. 누군가를 반하게 하려면 자기가 먼저 반해야 한다고. 최소한 그에게 반한 척이라도 해야 한다고. 안나에게 이것은 숨 쉬는 일과 같았을 거라고 생각한다. 매혹당하고 매혹하는 게 삶의 이유인 생명체였으니까.

그녀는 누구보다 많이 느끼고 많이 깨닫는 여자였다. 그러므로 러시아의 귀족들이 그러는 것처럼 '적당히' 사랑할 수 없었다. 이 소설의 줄거리는 읽지 않은 사람들도 알고 있다. 브론스키와 사랑에 빠진 상트페테르부르크의 귀부인 안나가 가정을 버리고 괴로워하다가 죽게 된다는 것을. 고위 관료인 남편 카레닌이 자신의 체면과 귀족 사회의 시선 때문에 이혼을 해주지 않자 안나를 사랑하는 어느 여인은 이렇게 말한다. "저분은 안나가 자기 감정을 희롱할 수 없는 여자라는 걸 모르고 있어요"라고.

한 가지 더 알려드리고 싶은 게 있다. 안나가 절세미녀는 아니었다는 것. 꽤 예쁜 여자였지만 아주 예쁜 여자는 아니었던 것 같다. "그녀의 드러난 팔이 아무리 희고 곱다고 해도, 그녀의 풍만한 몸매며 검은 머리칼 아래 빛나는 얼굴이 아무리 곱다고 해도 그 사람은 더욱더 좋은 것을 발견하게 될 것이다." 그 자신도 남편의 사랑을 잃은 경험이 있는 어느 여자가 브론스키의 사랑을 잃을까봐 안달하고 있는 안나를 보면서 내뱉는 독백이다.

이 세상에 아주 예쁜 여자 같은 것은 없다. 시간의 폭력에 맞서 생기를 유지할 수 있는 여자는(그리고 사랑은) 어디에도 없으므로. 이렇게 지성과 덕성과 생기가 있는 여자에게도 사랑이란 처절하고 잔인한 것이니. "역겹고 가련한" 것, 그게 사랑임을 안나는 알려줬다.

"당신은……

당신은 이 일을 후회하게 될 거예요."

———

레프 톨스토이, 『안나 카레니나』

죽음을 사랑하기로 한 안나

사랑했다. 그것도 지나치게. 안나 카레니나가 죽을 수밖에 없었던 이유다. "그녀는 인생의 다른 모든 행복보다도 사랑을 중히 여기는 여자만이 할 수 있는 그런 사랑으로" 브론스키를 사랑했다. 이게 왜 나쁜가? 나쁘다. 안나가 살던 19세기 러시아 귀족 사회에서는 아주 나쁜 일이었다.

연애 자체가 나쁜 것은 아니었다. 러시아 상류사회에서 자신과 상대를 위험하게 하지 않을 정도로 적당히 연애하는 건 "눈부신 장식품"이었으니까. 안나의 문제는 지나쳤다는 것. 그녀의 열정은 연애를 초과해버렸다. 그래서 안나의 연인인 브론스키의 어머니는 안나를 이렇게 생각한다. "화려

하고 우아한 사교계의 정사가 아니라 뭔가 베르테르식의 절망적인, 그녀가 알기로는 엉뚱하고 어리석은 행동으로까지 그를 끌고 들어갈 수 있는 정열임을 알게 되자, 마음에 들지 않았다."

그러니까 연애는 하되 사랑은 하지 말았어야 했다. 브론스키 어머니 입장에서 말하자면 말이다. 브론스키 어머니 입장은 곧 안나가 속해 있던 귀족 사회의 불문율이기도 했다. 그러니 '베르테르식의 절망적인' 연애는, 안나의 세계에서 연애를 넘은 사랑은 죄악이었다.

죄악에까지 이를 정도로 뜨거웠던 사랑은 오래가지 않는다. 안나는 여전히 브론스키를 사랑하지만 그의 마음은 예전 같지 못하다고 느낀다. 그래서 "지금에 와서는 최상의 행복은 이미 과거의 것이 돼버린 것만 같은 생각이 자꾸 들었다." 안나. 이 조바심이 그녀를 정신적으로 또 육체적으로 변하게 만든다. 생기 넘치는, 공감과 이해의 여신이었던 안나는 실의에 빠진 여자가 되어 브론스키의 사랑을 의심한다. 그리고 "미모를 찌그러뜨리는" 앙칼스러운 표정으로 질투한다. 여자가 이럴 때 남자가 어떻게 되는지 우리는 잘 알고 있다. 우리의 예상대로 브론스키는 지겨워한다. 그러고는 "아름다운 꽃을 사랑한 나머지 꺾어서 못쓰게 만들어놓고 나서야 겨우 그 아름다움을 깨닫고, 이제는 자기의 수중에서 시들어버린 꽃을 바라보고 있는 사람과 같은 마음으로" 그녀를 바라보는 브론스키.

다행히도 안나는 잃은 줄 알았던 사랑을 되찾으면서 구원받는다. 안나가 브론스키와의 사이에서 생긴 아이를 낳은 후 목숨이 위험해지면서다(안나는 용감하게도 그의 아이까지도 낳았던 것이다). 별거하던 안나의 남편 카레닌이 돌아와서, '다른 남자의 아이'를 낳고서 '자신의 집'에 누워 죽어가는 중인 안나를 용서한다.

이때, 놀라운 역전이 발생한다! "약간 희극적이고 가여운 인간으로만 여겨지던 배신당한 남편"이 "더이상 심술궂고 위선적이고 우스꽝스러운 인간이 아닌 선량하고 솔직하고 위대한 인물"이 되어버린 것이다. 그러면, 카레닌이 그리되었다면, 브론스키는 어떻게 되는가?

브론스키도 변한다. 일단, 말할 수 없는 수치와 모욕, 비애를 느끼고 … 감정이 요동친다. "요즈음 식었다고 느꼈던 그녀에 대한 정열이 막상 그녀를 영원히 잃었다고 생각하자 그 어느 때보다도 강렬하게 불타올랐"던 것이다. 나는 이 부분에서 톨스토이가 '작가'라고 느꼈다. 생각해보라, 지나간 일들을. 우리는 우리의 미덕으로 사랑받지 않고, 또 잘못으로 단죄받지 않았다. 장점 때문에 사랑받은 게 아니라 결점에도 불구하고 사랑받았다. 또, 마음이 식어버린 연인에게 '내가 잘할게'라고 말하는 순간 모든 것이 끝나버리기도 한다는 것을 알고 있다.

하지만 그럴 수밖에 없었다. 마음이 식어버린 사람을 붙잡는다고 해서 붙잡히지 않는다는 걸 알면서도 그랬고, 그럴수록 그 사람과 멀어진다는 것을 알면서도 그랬고, 머리로는 그렇게 모든 것을 알면서도 그랬다. 그렇게 머리로는 모든 것을 알면서도 내가 나를 어쩔 수 없었다. 좋은 작가는 이런 것들을 스르륵 느끼게 해준다. 그건 그렇게 부끄러운 게 아니라고, 너만 그렇게 한심하게 사는 게 아니라고 말해준다. 하지만 그런다고 위로가 될까? 그래서 나는 이렇게나 잔인한, 우아하게 잔인한 톨스토이가 좋다.

돌아온 브론스키는 말한다. 우리의 사랑은 강해졌으며, 우리는 영원히 행복할 것이라고. 이렇게 적어보니 가소롭기 짝이 없지만, 사랑이라는 게 그렇다. 사랑의 말들은 한 발짝 떨어져서 보면 유치하고 졸렬하기 그지없다. 이 사랑의 맹세 때문이었을까? 안나는 회복된다. 이 '유사 죽음'의 체험이 안나에게 남긴 교훈은 이렇다. '사랑이 위험해졌을 때는 죽음을 이용하라.'

그러나 불행히도, 사랑은 다시 식는다. 예견된 일이다. 동화가 아닌 소설의 세계에서 '공주님과 왕자님은 영원히 행복하게 잘 살았습니다' 따위의 알량한 플롯은 허락되지 않기 때문에. 슬프게도, 안나가 자신의 배움을 활용해야 하는 순간이 온 것이다. 이 "미묘한 이해력"을 지닌 열정적인 여자가 자신이 배운 '죽음의 교훈'을 실천할 수밖에 없는 상황이 말이다. "아아! 어째서 나는 죽지 않았담!" 이렇게 말하면서 그녀는 이제라도 죽으려고 한다.

그래서 그녀는 달려오는 기차에 몸을 던졌다.

나는 안나 카레니나의 자살을 밀란 쿤데라가 해석한 대로 이해하고 있다. 그가 쓴 소설에 대한 생각 모음집인 『커튼』을 『안나 카레니나』를 읽기 전에 먼저 읽었기 때문일까. 그래서인지 안나의 죽음에 대해 생각하면 이 책을 떠올리지 않을 수 없다. "플랫폼에서 우연히 그녀는 기억에 갑자기 사로잡히고 자신의 사랑 이야기에 아름답고 완전한 형식을 부여할 수 있는 예기치 않은 기회, 다시 말해 역이라는 동일한 무대와 열차 바퀴에 깔려 죽는다는 동일한 모티프에 의해 연애의 시작과 끝이 연결될 수 있는 기호에 매료당한다"라고 쿤데라는 쓰고 있다.

브론스키와 처음 만나는 순간의 안나는 어느 남자가 열차에 깔려 죽는 모습을 함께 보았었다. 안나는 자신이 죽을 뻔했던 경험으로부터 얻은 '교훈'에다가 브론스키와 함께 죽은 남자를 보았던 기억으로부터 길어 올린 '영감'을 더한다. 여기에 한 가지 더, 강렬한 복수의 감정도 얹는다. 그녀는 자신을 죽임으로써 브론스키를 벌주려 한다. 죽음이 모든 것을 할 수 있다고 생각한다. 죽음만이 그의 마음에 사랑이 되살아나게 하고, 자신들의 사랑에 완결된 리듬을 부여하고, 또 그녀 마음의 고통을 끝낼 수 있다고. "원수 갚는 것은 내가 할 일이니 내가 갚아주겠다"는 이 책의 제사題詞는 이렇게, 이 두꺼운 책의 마지막에서 다시 물기둥처럼 솟구친다.

그녀의 복수는 이루어지는가. 브론스키의 내면을 표현한 이 문장을 보면 알 수 있다. "그는 누구에게도 필요하지 않고 결코 씻어낼 수 없는 회한을 남겨놓은 그녀의 멋지게 성공한 위협만을 기억했다." 복수는 성공했을 것이다. 그러나 안나는 그렇게 자신의 사랑과 행복도 함께 죽였다.

"당신은……당신은 이 일을 후회하게 될 거예요." 안나가 브론스키에게 한 이 말을, 나는 안나 자신에게 되돌려주고 싶다. 이제는 더 이상 안나를 그토록 생생하게 살게 해줬던 사랑을 다시 할 수 없으니 말이다. "신이 나란 사람을 사랑하고 살아 숨쉬어야 하는 인간으로 만들어놓았다는 것을"이라고 말했던 그녀가 말이다.

그녀의 손을 잡고 끊임없이 키스를 퍼붓는 천진난만
한 즐거운 꿈이 보람없는 착각임을 깨달으며,
나는 밤마다 침대 속에서
안타깝게 그녀를 찾아헤맨다.

요한 볼프강 폰 괴테, 『젊은 베르테르의 슬픔』

불멸할 수밖에 없는 로테

베르테르는 사랑 때문에 죽은 거의 유일한 남자다. 소설에
나오는 남자 중 말이다. 나는 이것을 우연히 깨달았다. 고전
소설에 나오는 인물들의 이름을 적어 내려가다 알게 된 것
이다. 안나 카레니나, 레날 부인, 보바리 부인, 테스, 엠마, 데
이지, 쇼샤 부인…… 여자들의 이름을 적다가 충격에 빠졌
다. 이 여자들은 남자 없이는 존재할 수 없는, 사랑 없이는 살
수 없는 인물들이었던 것이다. 그럴 수밖에. 여자들에게는
달리 할 수 있는 일이 없었다. 제대로 된 직업을 가질 수 있
는 기회는 극히 한정되었고, 제대로 된 '유리한' 결혼을 하는
게 삶을 바꿀 수 있는 유일한 길이었다.

그렇다면 남자들은? 돈키호테, 로빈슨 크루소, 파우스트, 오이디푸스 왕, 율리시스, 데미안…… 역시, 남자들은 달랐다. 그들에게는 전쟁이, 모험이, 출세가, 입사入社가 있었다. 세상을 누비고 다녔다. 그러고도 여유가 있을 때 남자들은 연애를, 때로는 사랑을 했다. 여자들에게는 선택의 여지가 별로 없었다. 여자들에게 육체적 모험과 정신적 모험이 허락된 길, 그러니까 다른 세계로 갈 수 있는 방법은 단 하나뿐이었던 것이다. 연애 혹은 사랑. 그러니 전부일 수밖에.

그러니 베르테르는 불멸할 수밖에 없다고 생각한다. 그 이전에는 당연히 없었고, 그 이후에도 드문 독보적인 인물이므로. 그래서 1774년 출간된 『젊은 베르테르의 슬픔』은 유럽을 강타했고, 그후로부터 100년쯤 후의 이야기인 『안나 카레니나』에도 등장했던 것이다. "뭔가 베르테르식의 절망적인, 그녀가 알기로는 엉뚱하고 어리석은 행동으로까지 그를 끌고 들어갈 수 있는 정열"이라고. 그래서 이 남자가 목숨을 버리게 하는 여인 로테도 그만큼이나 독보적이다. 로테도 베르테르와 함께 불멸하게 되었다. 첫사랑의 영원한 아이콘이랄까. 이 책을 읽지 않은 사람도 베르테르와 로테가 누구인지는 다 아는 것이다.

그래서인지 과거의 그녀에 대해 이야기하다 "어떤 여자였는데?"라고 물으면 "로테 같은 여자랄까…"라며 아련한 눈빛이 되는 남자들을 꽤나 보았다. 첫사랑의 그녀에 대해 말할 때 '로테'라는 단어를 쓰는 남자도 상당히 많았다. 나는 그녀들이 어떤 여자인지 궁금하기보다는 그가 자신의 옛 사랑을 어떤 단어로 회고하는지 궁금해서 이런 질문을 던지곤 했다. 당연히 어딘가 흥미로운 대답을 바랐던 것인데, 내 의도를 만족시켜준 경우는 딱 한 번이었다. (곤혹스럽다는 표정을 짓더니) 그는 이렇게 말했다. "우주 여신 같은 여자랄까."

로테 같은 여인을 사랑했다는 그들에게 묻고 싶어졌다. "로테가 어떤 여자인지 알기나 하고 그러는 거니?"라고. 왜냐하면, 로테는 아주 희미하기 때문이다. 그림자처럼 희미하다. "천사, 아니지, 이와 같은 말은 누구나 자기 애인에 대해서 하는 소리가 아닌가. 나는 그녀가 어떻게 그리고 어찌어찌 완전한지, 그 이유를 댈 수가 없다. 요컨대 그녀는 내 마음을 완전히 사로잡고 말았다"라고 베르테르는 친구에게 쓴 편지에서 자신의 마음을 절절히 고백하고 있다. 왜 그녀를 좋아하는지 알 수 없다고 베르테르는 말한다.

사실, 누구를 좋아하면서 그 사람에 대해서 말하기란 얼마나 어려운가. 장점들을 나열하고 있으면 어쩐지 속물이 된 기분이 들고, 뭔가 근사한 표현으로 그 사람을 치장해주고 싶은데 그럴수록 그 사람은 희미해진다. 베르테르도 바로 그 문제를 안고 있다.

그런데 이 소설이 진행되는 내내 베르테르는 이런 태도를 고수하기 때문에 우리는 소설을 읽어나가도 로테에 대해 별로 알 길이 없다. 로테 본인도 자신에 대해 말할 수 있는 구조가 아니다. 베르테르의 1인칭 시점으로 진행되는 데다 이야기가 조각 나 있기 때문이다. 베르테르가 친구에게 쓴 편지 모음(주로 로테에 대한 사랑의 감정을 토로)으로 된 소설이라 베르테르가 말하지 않는 것들, 그러니까 로테의 입장이나, 로테의 약혼자인 알베르트의 견해에 대해서는 알기가 힘들다.

이 정도의 서술이 있기는 하다. 엄마를 여읜 여섯 명의 동생들을 엄마처럼 보살피는 인자함이 있고, "춤보다 더 즐거운 것을 모른다고 고백하겠어요"라고 말하는 명랑함을 가졌고, 피아노를 칠 줄 아는 여자라고. 그런 로테에 대해 베르테르는 이렇게 말한다. "그녀는 내게 신성한 존재이다. 그녀 앞에 나서면, 모든 욕정이 잔잔해지니 말이다. 그녀 곁에 있으면, 내 기분을 알 수가 없다. 마치 영혼이 내 모든 신경에서 거꾸로 돌아가는 듯하다. 로테에게는 자기 멜로디가 있다. 그녀는 피아노로 그 멜로디를, 천사같이 신비로운 힘으로 소박하고도 거룩하게 연주한다! 그것은 그녀가 좋아하는 가곡이다. 그 악보의 첫머리만 두드려도 내 모든 고통, 모든 혼란, 걷잡을 수 없는 괴로움이 깨끗이 사라지고 있다."

로테는 신성하고 희미하다. 베르테르가 말하기도 한 것처럼 천사에 가깝다고 생각한다. 내게 천사란 욕망이 소거된 존재인데, 로테를 보면 베르테르는 "모든 욕정이 잔잔해"진다 했으니 이게 그 방증인가 싶다. 또 천사에게는 인간적인 게 없다. 냄새가 없고, 육체가 없고, 그림자가 없는데 로테가 그렇다.

로테에게는 개성이 보이지 않기 때문이다. 개성을 드러낼 정도로 베르테르와 친밀하지 않거나, 조심성이 굉장히 많은 성격일 수도 있겠으나, 무엇보다 베르테르가 로테를 이상화하고 있기 때문이다. 베르테르가 로테를 이상화하면 이상화할수록 로테는 희미해진다. 그림자가 옅어지다 마침내 없어지고, 로테는 천사가 되는 것이다.

나는 로테가 안됐다고 생각한다. 베르테르는 로테도 자신을 사랑하고 있다고 생각하지만 그건 베르테르의 주장일 뿐이고, 나는 로테가 타인의 마음을 잘 거절하지 못하는 친절하고 자애로운 여자로 여겨진다. 그래서 약혼자가 있는데도, 그러고 나서 결혼을 한 후에도 자신의 주변에서 맴도는 베르테르에게 가혹하게 대하지 못한다. 베르테르가 죽게 되는 것은 성탄 전야인데, 베르테르의 잦은 방문으로 남편 알베르트와 어색해진 로테가 성탄 전에는 오지 말라며 그의 방문을 금지했기 때문이다(로테가 베르테르에게 한 최초의 금지다).

베르테르는 권총으로 죽는데, 알베르트의 권총이다. 알베르트로부터 빌린 권총으로 죽으면서, 심부름을 한 아이가 로테가 권총을 내어주었다는 걸 말해주자 베르테르는 감격하며 권총에 여러 번 입맞춤을 한다. 그녀와 자신이 끝까지 연결되어 있다고 믿는 것이다. 나는 이 부분을 읽을 때마다 짜증이 난다. 민폐도 이런 민폐가 없기 때문이다.

로테는 단호했어야 했다. 자신을 짝사랑하던 남자가 남편의 권총을 빌려 자살하는 걸 원하지 않았다면. 그래서 (책에는 나오지 않지만), 그녀의 인생이 복잡하게 되는 걸 원하지 않았다면. 하긴, 그랬다면 로테는 로테가 아니었을 것이고, 베르테르의 영원한 첫사랑이자, 첫사랑의 아이콘이 되지 못했겠지만.

나는 로테가 현실 속의 인물이라면 그랬어야 한다고 말하는 거다. 어째선지 이런 글을 쓰고 있으면 인물이 속한 곳이 소설인지 현실인지 헷갈리고, 내가 속해 있는 곳이 어딘지 희미해진다.

"결혼하고 싶은 유혹을 느끼려면 지금까지 보았던
사람들보다 더 탁월한 사람을 만나야 할 거야. (…)
나는 그런 탁월한 사람을 만나고 싶지 않아.
유혹을 받지 않는 편이 더 낫겠어."

———————

제인 오스틴, 『엠마』

결혼하고 싶지 않은 엠마

앞 장에서 나는 고전소설에 나오는 여자들은 남자 없이는 존재할 수 없는 존재들이었다고 적었다. 여자들에게 제대로 된 일이 없어서 그랬다고도. 그래서 여성 작가도 별로 없었다. 심지어 20세기에 작품 활동을 했던 콜레트도 '여성 작가'임을 밝히면 사람들이 진지하게 여기지 않을까봐 남편의 이름을 빌려 출판했고, 덴마크의 남작 부인이었던 카렌 블릭센은 필명을 지으면서 역시 콜레트와 같은 이유로 남자 분위기가 나는 '이자크 디네센'을 이름으로 골랐다. 빅토리아시대에 글을 썼던 제인 오스틴도 그래서 그랬던 것이다….

이렇다는 걸 꽤나 늦게 인식했다. 그전까지는 제인 오스틴의 소설을 그리 좋아할 수 없었다. 왜 그녀의 소설에서 여자들은 만나기만 하면 밥을 먹고 차를 마시며 끊임없이 이야기를 주고받으며 하루를 보내는지, 그 넘치는 에너지를 어째서 남자 이야기를 하는 데 소비해버리는지 이해하기 힘들었다. 그리고 그 대부분의 여자들은 유리한 결혼을 원했다. 자기에게 어울리는 사람은 '나보다 훨씬 나은 사람'이어야 했다. 자신보다 신분이 높고 재산이 많고 명망을 획득한 사람이어야 마땅하다고 생각하면서, 다른 여자가 그런 남자를 차지하면 그녀를 비난받아야 된다고 생각하는, 그런 모순 덩어리 여자들이 제인 오스틴의 소설에는 있었다.

그랬었는데, 어느 날 알게 되었다. 제인 오스틴이 살던 시대의 여자들에게 허락된 일이 그것밖에 없었다는 것을. 밥을 먹고, 차를 마시고, 바느질을 하는 게 전부였다는 것도. 책을 읽는 건 위험하다고 금지되었고, 여자들이 삶의 조건을 향상(?)시키려면 '유리한' 결혼 말고는 방법이 없었다. 그러니까 제인 오스틴의 시대에 최고이자 유일한 자기 계발은 결혼이었던 것이다. 『젊은 베르테르의 슬픔』에서의 로테의 결혼도 그런 식이다. 로테는 높은 지위에 오르리라고 예상되는 알베르트가 막 고아가 된 여섯 동생들도 보살펴주겠다는 약속을 하자 결혼한다. 로테도 유리한 결혼을 한 것이다.

『젊은 베르테르의 슬픔』이 출간된 것은 1774년, 제인 오스틴이 소설을 쓰기 시작한 것은 1811년이다. 그리고 『엠마』가 나온 것은 1816년이다. 그러니 이 이야기는 얼마나 선진적인 이야기인 것인가! 『엠마』는 모두들 유리한 결혼을 하기 위해 고투하는 시대에 결혼보다 자기 자신으로서 살 수 있는 방법을 찾아가는 여성의 이야기이기 때문이다. 나는 이 소설이, 그리고 엠마가 『이성과 감성』이라든가 『오만과 편견』에서의 인물들과 달리 유리한 결혼을 위해 가진 게 있는 남자 눈에 들려고 안달하지 않아 좋았다. 이 소설에서 엠마는 자기의 계획대로, 생각대로 남자들을 휘두르고, 나는 그런 점 때문에 이 소설을 좋아한다.

『엠마』의 첫 장을 다 읽기도 전에 나는 이 소설의 매력에 투항해버렸다. "엠마 우드하우스는 예쁘고, 영리하고, 부유한 데다 집안이 안락하고 성격이 명랑해서 이 세상의 축복을 모두 누리는 것 같았다. 세상에 태어난 지 거의 21년이 되었어도 괴롭거나 화를 낼 일이 거의 없었다." 놀라운 소설의 시작이라고 할 수 있다. 엠마의 성격과 재력, 사회적 신분을 이야기하는 동시에 이 소설이 앞으로 어떻게 진행될 것인지에 대해서도 말하고 있기 때문이다. 부족함이 없는 게 부족함인 이 여자, 엠마에게 화가 날 일을 빈번하게 만드는 것으로 이 소설을 쓰겠다는 작가의 선전포고이기도 한 것이다.

이 책을 읽기 전에 나는 엠마를 고집스러운 수다쟁이 중매꾼으로 알고 있었다. 이 편견은 반은 맞고 반은 틀렸는데, 이런 이유에서 그러하다. 첫째, 엠마는 확실히 고집스럽다. 실제로 부족한 것이 없고, 그런 여자들이 대개 그러하듯 엠마는 자신만만하다. 그래서 세상의 모든 것을 자기가 다 알 수 있다고 생각하고, 세상 일이 자기 뜻대로 되어야 한다고 생각한다. 둘째, 그러나 엠마는 수다쟁이일 수도 있고 아닐 수도 있다. 무슨 말이냐 하면, 엠마의 많은 말들이 대개 그녀의 머릿속에서 발화되기 때문에. 제인 오스틴식 '의식의 흐름'인 셈이다. 그리고 셋째, 엠마는 중매꾼이 아니다. '꾼'이란 어떤 행위를 직업적으로 반복하는 사람을 가리키는 단어인데 엠마는 자신의 친구 해리엇의 애정관계에 그저 '관여'할 뿐이다. 우리가 친구들의 연애에 간섭하기도 하는 것처럼. '그 남자는 너에게 너무 부족해', '너는 그 남자에 비해 너무 아까워' 등등의 말을 쉴새없이 하는 정도다.

엠마가 자기 결혼에는 관심이 없고 친구 결혼에만 신경을 쓸 수 있는 이유는, 그럴 만해서다. 로테가 알베르트에게 의탁하기 위해 결혼한다면, 엠마는 그럴 필요가 없다. 외동딸이고, 3만 파운드의 재산이 있으며, 존경받는 가문 출신에,

"결혼이란 어리석은 일"이라고 말하는, 딸의 결혼을 원하지 않는 아버지를 가졌다. 하지만 사랑에 빠지는 것은 전혀 다른 문제다. 엠마는 결혼은 원하지 않지만 사랑은 원한다. 사랑하지도 않으면서 본성을 바꾸려는 남자는 질색인데, 이런 남자만 있다. 바로 이게 엠마가 처한 문제다. 그런데, 하물며 결혼을? "재산이 부족한 것도 아니고, 일거리나 사회적 지위가 부족한 것도 아니니까. 내가 하트필드를 좌지우지하는 것의 절반만큼이라도 자기 남편의 집을 휘두를 수 있는 여자는 거의 없어. 게다가 내가 지금처럼 진심으로 사랑받고 존중받으리라고는 절대로 기대할 수 없을 거야. 우리 아버지처럼 늘 나를 첫 번째로 생각하고 언제나 옳다고 생각하는 남자는 없을 테니까." 엠마가 결혼하지 않는 공식적인 이유다.

엠마가 결혼하지 않는 이유를 적다가 몇 년 전의 일이 떠올랐다. 어떤 공적인 자리에서 만난, 초면의 남자 평론가는 나한테 이렇게 물었다. "안 한 거예요? 못 한 거예요?" 이게 그가 나한테 건넨 첫 번째 말이었던 것으로 기억한다. 교묘히 목적어를 생략한 그 의문형에서 나는 목적어가 무엇인지 알았고, 이렇게 대꾸했다. "못 한 거죠"라고. '안 한 거죠'라고 말하는 게 최악이라는 것쯤은 직감적으로 알고 있었다. 그래서 그가 깔아놓은 판에서 어쩔 수 없이 "못 한 거죠"라고 말할 수밖에 없었다. 나는 그때 뭐라고 말하는 게 최선이었을지 종종 생각하는데, 아무래도 모르겠다. 어떻게 말하는 게 최선이었을까?

『엠마』를 읽고 나서 제인 오스틴 생각을 지울 수 없었다. 평생 자기 방을 가진 적도 없고, 경제적 어려움에서 벗어나지 못한 제인 오스틴이 '다 가진 여자' 엠마에 대해 질시하거나 냉소하지 않고 공평하고도 균형 잡힌 태도를 취하는 걸 보면서 마음이 뻐근해졌던 것이다. 나는 이런 배포가 있는 '큰 사람' 앞에서는 저절로 고개가 숙여진다.

이런 그녀에 대해 버지니아 울프가 한 말을 적어본다. "1800년경 증오나 쓰라림, 두려움을 느끼지 않고 항의하거나 설교하지 않으면서 글을 쓴 여성이 있었다."

"이러한 남루한 호텔이 좋아요,
이런 데는 오로지 당신하고만 와서 그런지
세상에서 가장 친밀한 곳처럼 느껴지거든요."
그녀가 큰 소리로 말했다.

———

피에르 드리외 라 로셸, 『도깨비불』

제멋대로 사랑하는 리디아

엠마는 사랑은 원하지만 결혼은 하고 싶지 않은 여자였다. 리디아는 사랑보다는 결혼을 하고 싶은 여자다. 우리에게 조금은 생소할 수 있는 프랑스 작가 피에르 드리외 라 로셸의 소설『도깨비불』의 첫 장면에 등장하는 여성이다. 그것도 섹스를 하고 나서 허망함을 느끼는 모습으로.

리디아는 자신의 마음에 대해서 직접적으로 말하지 않는다. 이 소설이 3인칭 소설이기 때문이다. 3인칭 소설에서는 누구도 본인의 마음을 직접적으로 말할 수 없다. 직접적으로 말하지 않는다고 해서 알 수 없는 것은 아니고 오히려 미묘함이 생긴다. 진실과 서술 사이, 그 '틈'에 말이다. 작가는 리디아의 마음에 대해 이렇게 에둘러 서술한다. "그녀의 목덜미와 배가 부풀었던 것은 만족감과 더불어 힐난조의 분노 탓이었을까? 그것은 잠깐 스치는 느낌에 불과했다. 이제 이미 끝난 일이다." 우리는 이 문장을 읽음으로써 많은 것들을 상상할 수 있다. 목덜미와 배가 부풀었던 순간으로부터 목덜미와 배가 부풀지 않는 순간까지. 또 '이제 이미 끝난 일'에서 말하는 '일'이 무엇인지에 대해서도. 바로 이런 게 소설을 읽는 즐거움이다.

내가 인용한 문장에서 '잠깐 스치는 느낌'이라고 말한 것은, 맞는 말이다. 리디아와 상대 남자의 관계가 잠깐만 지속되었기 때문이다. 리디아는 이렇게 말한다. "한심한 알랭, 형편없었어요." 그리고 또 이렇게 말한다. "그러니 키스나 해주세요."

키스나 해줄 수밖에 없는 이 남자는 누구인가. 알랭. 돈을 사랑하므로 돈 많은 여자를 사랑할 수밖에 없는 남자다. 그에게 여자란 돈. 그렇다고 '한탕'을 원하지는 않는다. 알랭은 자신을 지속적으로 방탕하게 살 수 있게 해줄 그런 여자를 원한다.

방탕이란 무엇인가. 일을 하지 않고도 쓸 돈이 넘쳐나고, 그 돈을 쓰는 게 유일한 '일'인 삶의 방식이다. 자신을 지속적으로 방탕하게 살 수 있게 해주길 원하는 여자들은 흔히 미모로 그런 남자들을 얻는다고 알려져 있는데, 그렇다면 남자들은 무엇으로 그런 여자를 얻는가? 물론, 미모겠지. 여자의 마음을 움직이는 미모. 하지만 남자는 그것만으로는 안 된다. 그들에게는 정력이 필요하다. 비극적이게도, 알랭에게는 정력이 부족하다. 그도 알고 있다. "내게는 성적 매력이 전혀 없어."

그는 이렇게 말하는 남자다. "내가 당신을 사랑하는 걸 보니 당신은 부자임에 틀림없군요!"라고. 그렇다면 알랭은 왜 돈을 원하는가? 귀족이 아니면서 귀족처럼 살기 위해서다. 알랭은 이렇게 묻기도 한다. "왜 우리 사회를 공허한 분주함으로 가득 채우는 십중팔구 불필요한 일, 그 지겨운 노동에 속박되어야 하는가?" 이렇게 말하는 것이야말로 귀족의 태도다. 알랭은 정신만은 귀족인 것이다. 돈이 없는 귀족. 돈을 벌지 않기로 했다면 안 쓰거나 덜 쓰기로 해야 한다고 생각하는 것은 소시민의 윤리다. 그러니까, 알랭은 소시민으로 살지 않기로 한 남자인 것이다.

그런데, 리디아는 이 남자를 사랑한다. '그래서' 사랑하는 게 아니라 '그런데도' 사랑한다! 세상에는 "내가 당신을 사랑하는 걸 보니 당신은 부자임에 틀림없군요!"라고 말하는 남자를 사랑하는 여자도 있는 것이다. 리디아는 왜 알랭을 사랑할까? 이 소설에서 리디아의 진실한 마음 같은 것은 작가의 관심사가 아니므로 나는 혼자 추측해볼 수밖에 없었다.

솔직해서? 봐줄 만하게 생겨서? 귀여워서? 모두 다라고 생각한다.

알랭은 이런 남자인 것이다. 돈을 벌 생각이 없고, 여자의 돈으로 살고 싶고, 그걸 떳떳이 드러내는 남자답게 권위적이지 않다. 그리고 가부장이 되기를 원하지도 않으므로 리디아와 수평적이다 못해 자기가 리디아의 발밑에 엎드리고 싶은 남자다. 나는 리디아에게 이런 점이 신선했을 거라고 생각한다.

리디아는 흔하게 볼 수 있는 여자가 아니다. 우리가 하는 그런 사랑이 아닌 그녀만 아는 특별한 사랑으로 그를 사랑한다. 그래서 그녀는 성적 매력이 전혀 없는 이 남자와 섹스한다. 그것도 뉴욕에서 파리로 오면서까지 말이다. 비행기도 아니고 배로 리디아는 파리에 왔다. 소설의 배경이 1920년대이기 때문이다. 리디아는 리바이어던 호를 타고 파리에 왔고, 뉴욕으로 가려면 다시 리바이어던 호를 타야 하는데, 떠나려면 저녁 내내 전화통에 매달려 있어야 한다. 그렇게까지 해서 파리에 온 것은, 알랭에게 청혼하기 위해서다. 이번이

두 번째 청혼이다.

첫 번째 청혼은 그녀가 말아먹었다. 알랭과 결혼하자고 해놓고 리디아는 처음 보는 남자와 두 번째 결혼을 한다. 곧 헤어진 그녀는 파리로 와서 곧 이혼 판결이 날 거라면서 알랭에게 또다시 결혼하자고 한다. 그러고는 늘 그렇듯이 잠깐만 지속되는 섹스를 하고… 알랭이 일편단심이라서 리디아는 그러는 걸까?

그것도 아니다. 알랭은 헤어진 전처 도로시를 잊지 못하는 동시에 돈이 있는 여자가 필요하다는 것을 리디아는 알고 있다. 또 아는 게 있다. 알랭에게는 돈이 필요하고, 리디아는 알랭이 필요한데, 마침 리디아에게는 돈도 있다는 것이다. 그래서 이렇게 말한다. "그렇지만 도로시는 이제 당신에게 필요한 여자가 아니에요. 그녀는 돈도 넉넉하지 않고 당신을 떠돌아다니게 방치하잖아요. 당신에겐 당신 곁에 꼭 붙어 다닐 여자가 필요해요."

대체 이게 사랑이 아니면 뭐란 말인가. 그것도 특별한 사랑. 아무리 그녀가 결혼하자고 했다가 3일 만에 모르는 남자와 결혼했다 헤어지고 다시 돌아와 결혼하자고 하는 종잡을 수 없는 여자라고는 해도 말이다. 그렇게 돌아와 어떤 사죄도 없이, 어떤 민망함도 없이, 오히려 뻔뻔하게 결혼을 요구하는 리디아가 난 좋다. 이런 신선한 방식으로 사랑하는 여성 캐릭터라니… 현대 여성다운 현대 여성이다.

어쩌자고 리디아는 이렇게 계산을 하지 않는 건지… 나도 한번쯤은 이렇게 살아보고 싶은 생각이 들었다. 생각하지 않고, 마음 쓰지 않고, 일단 용감하게 돌진! 나 같은 답답하고, 좋게 말해봤자 신중한 방식으로 인생을 사는 것보다 그렇게 '쎄게' 살아보면 얼마나 인생을 '찐하게' 느낄 수 있을 것인지 생각하며, 나는 이 글을 쓰고 있다. "수년 전부터 그녀는 아무런 설명도 해명도 필요 없는, 오로지 내키는 대로 사는 것이 허용된 세계 속에서 살았다." 오로지 내키는 대로 사는 것이 허용된 세계라니… 이런 리디아를 부러워하면서 말이다.

리디아는 미국 여자다. 단지 국적이 미국이라는 게 아니다. 이 소설에서, 그리고 이 소설이 창작된 1930년 당시에 '미국 여자'는 하나의 장르였다. 그래서 "미국 여자처럼 건전하고 강인한 여자라면 이 모든 것을 잊게 해줄 거요"라고 알랭이 머물고 있는 요양소 주인이 말하는 것은 그리 특별한 견해가 아니다. 그게 편협한 생각이라 할지라도 말이다.

알랭이 원하는 것은 단지 리디아가 아니라 '미국 여자'인 리디아였다. 알랭은 자신이 만난 프랑스 여인들이, 자신에게 요구한 사랑과 관능에 질겁하여 미국으로 건너가면서 '미국 여자'를 만날 꿈을 꾸었다. 리디아는 이런 못난 알랭의 마음을 다 알고도 그를 사랑했던 것인데, 그건 그녀가 리디아가 아니라 소설 속에서 기호화된 '미국 여자=리디아'이기 때문에 그럴 수 있었다.

1930년대의 유럽 남자들은 미국 여자에 대한 환상을 품었고, 미국 여자를 꿈꿨다. 그러니까 리디아는 단지 알랭만이 꿈꾸는 여자인 것은 아니었던 셈이다.

"세련이요! 정말 모두가 그걸 그렇게
중요하게 여기는 거예요?
각자 자기 방식대로 세련될 수는 없는 건가요?
하지만 내가 너무 남의 간섭 없이
살아온 탓인지도 모르겠어요.
어쨌건 나는 여기 사람들과 다름없이 살고 싶어요.
사랑과 안온함을 느끼면서요."

———

이디스 워튼, 『순수의 시대』

누구보다 세련된 엘렌

이디스 워튼의 『순수의 시대』에는 유럽 남자들의 여신이었을 것으로 보이는 또 다른 미국 여자가 나온다. 엘렌 올렌스카 백작 부인. 그녀는 유럽을 홀리고 돌아온 미국 여자로 등장한다. 『도깨비불』의 리디아가 미국에서 유럽으로 건너온 '미국 여자'라면, 『순수의 시대』의 엘렌은 유럽에서 미국으로 돌아온 '미국 여자'인 것이다.

유럽에서 미국으로 돌아온 '미국 여자'는 어떻게 되었을까. 이디스 워튼 자신에게도 매우 궁금했을 문제로 보인다. 그녀가 '미국 여자'이기도 했으니 말이다. 뉴욕 상류층 출신인 이디스 워튼은 유럽에서 살다가 다시 미국으로 돌아와

'미국 남자'와 결혼하고 이혼한다. 그리고 '유럽 남자'와 사랑에 빠지기도 했다. 유럽에 있을 때는 '미국 여자'였을 것이고, 미국으로 돌아왔을 때에는 '유럽에서 온 여자'였을 것이다. 『순수의 시대』는 그 이중의 시선 속에서 살았을 여성 작가가 '미국 여자'에 대해 쓴 소설이다. 그래서 특별하다.

1920년에 출간되었으나 1870년대 초 뉴욕을 시간적 배경으로 하는 『순수의 시대』와 1920년대 파리가 배경인 『도깨비불』에는 50년의 격차가 있다. 그래서일까. 1870년대 뉴욕에 돌아온 엘렌은 리디아와 달리 인습에 매여 있는 사람들의 시선으로 재단된다. 그래서, 이 소설에는 "미국 여자처럼 건전하고 강인한 여자"(『도깨비불』) 대신 "가엾은 엘렌 올렌스카"가 있다. 50년 전이라 그럴 수도 있고, 유럽이 아닌 미국이라서 그럴 수도 있다. 고국에 돌아온 '미국 여자'는 더 이상 '미국 여자'가 아니기 때문에 그럴 수도 있다. 미국에서 그녀는 '유럽에서 온 여자'가 된다.

엘렌은 어느 날 문득 뉴욕에 나타난다. 폴란드의 올렌스카 백작과 이혼한 후에, 소문과 억측을 동반하고 말이다. 엘렌을 사랑하게 되는 남자, 아처는 엘렌의 존재가 불쾌하다. 엘렌이 그가 곧 결혼할 예정인 메이의 사촌언니이기 때문이다. 결혼에 실패하고 돌아와 '사연 있는 여자'가 된 엘렌의 존재가 메이의 가문의 명성에 오점을 남기고, 역시나 명문가인 아처의 가문에도 흠결이 될 수도 있기 때문이다. 아처와 메이에게는 명성만큼이나 명예가 중요하다. 그들은 뉴욕의 가장 명망 있는 가문들의 자손이므로.

그런데, 이 유럽에서 돌아온 여자에게 뉴요커들은 실망한다. 뭔가 다른 특별함을 기대했던 것인데, 유럽에서 돌아온, 그것도 백작 부인이 되어 돌아온 엘렌에게 뉴욕 상류층 사람들이 실망하는 이유는 세련됨이 없어서다. "세련됨이란 뉴욕 사람들이 가장 높이 사는 가치"인데 말이다. "그런 개인사가 있는 여자에게는 훨씬 더 극적인 것을 기대"했으나 엘렌에게는 과장된 표정도 없고 대단한 신식 옷차림도 없다. 그러니까, 엘렌은 1870년대 뉴요커들이 생각하는 '세련됨'에 반(反)하는 여자였던 것이다.

이 소설에서 강조되는 것이 '세련됨'이다. 그래서 엘렌을 사랑하게 될지도 모르고 그런 엘렌을 낮게 보는 아처는, 약혼녀인 메이에게 사촌언니인 엘렌에 대한 불쾌감을 드러내지 말아야겠다고 생각한다. 아처는 "여행과 원예, 좋은 소설에 몰두하며 조야한 형태의 쾌락을 경시"하는 품위 있는 가풍의 집안에서 자랐고, 그런 교양 있는 사람으로서 세련되게 행동해야 하기 때문이다. 아처가 생각하기에 세련이란 그런 것이다.

과연 엘렌에게는 세련됨이 부족했을까? 이디스 워튼은 이렇게 서술한다. "하지만 그녀에게는 아름다움이 주는 신비로운 권위가 있었다. 당당한 고개와 눈의 움직임은 과장된 느낌을 주지 않으면서도 고도로 훈련되고 의식적으로 통제된 모습을 보였다. 그러면서도 그녀의 몸가짐은 거기 모인 대다수의 여자들보다 소박해서 (…) 많은 사람들이 그녀가 좀 더 '세련되지' 않은 것에 실망했다." 대체 이게 세련되지 않은 거라면 어떤 게 세련된 거란 말인가? 뉴요커들의 기준을 초과하는 세련이었을 뿐이다.

이디스 워튼은 세련됨에 대해 반어적으로 썼던 것이다. 느낌과 분위기와 태도로 세련됨을 풍기는 엘렌을 알아차리지 못하는, 세련됨에 집착하면서 정작 세련되지는 못한 뉴요커들을 풍자한 문장인 것이다. 하긴, 세련됨을 논하는 사람들 중에 세련된 사람은 별로 없다. 그리고 세련됨을 논하는 사람들이 가장 관심을 가지는 것은 옷차림과 헤어스타일, 피부다. 어떤 옷을 사면, 어떤 머리를 하면, 어떤 시술을 하면 자신을 바꿀 수 있는지, 세련되게 보일 수 있는지… 이디스 워튼은 옷차림보다 움직임과 태도에서 세련됨을 읽어내는데, 나도 그런 편이다. 나는 사람의 말과 행동에서 세련됨을 본다.

그러니까 무분별하지 않고, 경솔하게 말하지 않고, 들을 자세가 되어 있고, 알면서도 때로는 말하지 않기도 하는 그런 태도를 가진 사람. 나는 이런 사람이 세련된 사람이라고 생각한다. 물론, 나는 옷을 좋아하는 사람이니까, 신선한 배색을 하고, 페플럼 블라우스를 입든 오간자 셔츠를 입든 다년간의 미학적 경험을 바탕으로 자신을 더 자신답게 만들어주는 옷을 입은 사람도 세련되었다고 생각하지만.

이렇게 써놓고 보니 이제 알겠다. 내가 세련되었다고 생각하는 사람들이 어떤 사람인지. 덜하지도 않고 더하지도 않은 사람, 그리고 무엇보다 자신의 관점으로 세상을 대하고 그렇기 때문에 세상에 대한 자신감이 있는 사람을 나는 세련됐다고 생각한다.

아처는 엘렌의 세련됨을 발견하면서(동시에 뉴요커들의 촌스러움을 발견하면서) 그녀를 사랑하게 된다. 또 엘렌과 한 자리에 있는 늙은 부인들을 보면서 아처는 "그 얼굴들이 엘렌에 비해 신기할 만큼 미성숙해 보인다는 느낌"을 받으며 엘렌의 눈을 그렇게까지 깊이 있게 만든 것이 "무엇일까 생각하니 두렵기까지" 하다고 느낀다. 아처에게 세련이란 미숙의 반대말이기도 한 것이다. 그에게 세련된 여자란, 의식이 세련된 여자라는 것을 알 수 있다.

다시 한 번, 세련이란 무엇인가. 사랑이 그런 것처럼 사람마다 다른 정의가 있을 것이다. 이 소설의 뉴요커들에게 세련이란 캐럿이 큰 보석들과 모피코트와 신식 옷차림에 둘러싸이는, 요란하고 반짝이는 '외모'를 갖추는 일이다. 아처가 보는 세련은 다르다. 문학적 묘미나 정신적인 것을 나눌 수 있는 '내면'을 가진 게 세련된 거다. 아처가 바로 그런 사람이기 때문이다.

　　그렇다면 엘렌에게 세련이란? "정말 모두가 그걸 그렇게 중요하게 여기는 거예요? 각자 자기 방식대로 세련될 수 없는 건가요?"라고 말한다. 아처보다도 한수 위로 보인다. 나는 이렇게 말하는 여자를 사랑할 수밖에 없다.

그리하여 테스는 거의 단숨에 단순한 처녀에서
복잡한 여자로 바뀌었다.
깊은 사색의 흔적들이 그녀의 얼굴을 스쳐갔고,
목소리에는 이따금 비장함이 묻어났다.
눈은 더 커졌고 표정은 더 풍부해졌다.
그녀는 사람들이 빼어난 미인이라고 할
여자가 되었다.

———

토머스 하디, 『더버빌가의 테스』

배울 기회가 없었던 테스

나는 테스가 불과 100년 전 사람이라는 걸 믿을 수 없다. 유년시절의 내가 당연히 누리던 것들, 아니 '누린다'라고 생각조차 못 할 만큼 당연하게 생각하는 그런 생활을 할 기회를 테스는 갖지 못했던 것이다. 휴일이면 쇼핑센터에 가서 돈까스나 함박스테이크를 먹고, 미술학원에 다니고, 여름이면 바다로 휴가를 가기도 하는 그런 것 말이다. 그리 다정한 사람은 아니지만 나의 아빠는 돈가스를 먹으러 갈 때마다 서점에 들러 책을 한 권 고르게 해줬고, 서점만큼 자주는 아니었어도 고궁과 미술관과 박물관에도 데려가주었다. 이는 내가 어린 시절을 생각할 때 가장 감사하게 여기는 부분이다. 나의 아빠는 문화와 관련이 없는 직업을 가진 사람이었는데, 내가 대학에 가게 되었을 때 이런 말을 하기도 했다. 때로는 대학로에 가서 연극을 보라고.

그런데 테스는? 영국의 농가에서 태어난 테스는 동생들을 돌보며 말을 몰고, 그 말이 죽자 친척집 비슷한 데에 가서 닭을 친다. 그리고 나중에는 소젖을 짜게 된다. 당연히 학교에는 다니지 못하고, 책 같은 것도 읽지 못한다. 테스에게는 그런 일들이 허락되지 않았다. 그런 자신의 삶에 대해 불평하지 않고 꿋꿋하게 살아가는 테스가 왜 이렇게 불행에 처해야 하는지 생각하다 보면 답답해 미칠 것만 같다. 그래서 내게 『테스』는 읽고 싶지 않은 책 중에서도 가장 읽고 싶지 않은 책이었다.

어릴 때는 『더버빌가의 테스』가 아니라 『테스』로 알고 있었다. 어릴 때부터 나는 그 책에 대해 지겹도록 들어왔던 것이다. 순결을 빼앗긴 여자가 심판받는 이야기라는 말도 함께. '순결'과 '심판'이라는 단어의 뜻을 정확히 몰랐지만, '정조' '처녀'라는 말들처럼 묘하게 거슬렸다. 나는 '착한 여자가 억울하게 벌을 받는 이야기'로 이해했다. 그러니 절대 읽을 수 없었다. 나는 착한 여자에게도, 벌을 받는 일에도 관심이 없었기 때문이다. 그래서 오랫동안 『테스』를 읽지 않왔다.

"19세기에는 농장 노동자의 생활이 오늘날과 전혀 달랐다. 예를 들어 도싯의 농민들 사이에서는 혼전 임신이 정상적인 것이었고, 오히려 임신이 분명해져야 결혼을 했다." 충격적인 문장이었다. 나는 이 문장을 존 파울즈의 『프랑스 중위의 여자』에서 읽었다. 그러고는 『테스』를 읽어야겠다고 생각했다. 이건 '테스' 이야기였기 때문이다. (나는 도싯이 이 책의 작가 토머스 하디가 태어난 곳이고, 테스가 농가의 딸이라는 것은 알고 있었다.) 존 파울즈는 빅토리아시대 ― 그러니까 테스의 시대 ― 영국 시골의 혼전 성교에 대해 이렇게까지 서술한다. 그것은 '예외'가 아니라 '규칙'이었노라고. 나는 머리가 새하얘졌다. 『더버빌가의 테스』는 내가 생각해왔던 이야기가 아닐 수도 있기 때문이었다.

테스는 세상이 정한 규칙대로 살고 싶지 않았던 인물이었다. 당대의 법칙, 그러니까 애가 생기면 결혼을 하기도 하는 농민들의 방식, 태어나면서 정해지는 신분대로 살아가라는 시대의 준칙을 따르지 않았던 여자인 것이다. '아, 테스는 '규칙'이 아니라 '예외'로 살고 싶었던 여자구나!' 이 책을 읽기 전에 예감할 수 있었다.

그래서 테스는 누굴 만나는가? 더버빌가의 아들 알렉이

다. 자신들이 과거 명문 귀족이었다는, 더버빌가의 후손임을 알게 된 테스의 아버지가 '부자 친척'인 알렉네로 테스를 보냈던 것인데, 알고 보니 친척이 아니다. 알렉네는 돈을 주고 가문을 샀으므로 '더버빌가'와는 관련이 없다. 게다가 알렉은 아주 끔찍하다. 테스가 자신에게 시시때때로 달라붙는 그를 밀어내면 이렇게 말하는 남자였다. "시골 색시치고는 너꽤 까다롭구나!" 알렉의 지속적인 구애에 테스는 울면서 눈을 감고 – 이렇게 표현할 수밖에 없다 – 얼마간 그의 여자로 지내다 집으로 돌아온다. 그리고…… 애를 낳는다.

임신이 문제가 아니라 그 남자가 테스와 결혼할 수 없는 게 문제였다. 신사 계급인 알렉이 아니라 농가의 아들과 그랬다면 문제 될 게 없다는 말이다. 계급과 시대의 순리대로 살았다면, 그러니까 소작농 아들과 관계를 맺어 혼전임신을 했다면, 이 이야기는 쓰이지 않았을 것이다. 왜? 빅토리아시대 영국 농민들에게는 그게 자연스러운 삶이었으니까.

처음 볼 때부터 제멋대로 키스를 하고, 테스를 거의 윽박지르다시피 해서 테스와 자게 되는 그 남자를 떨치고 집으로 돌아온 테스에게 그녀의 엄마는 말한다. 결혼할 것도 아니었다면 '몸조심'을 했어야 한다고. 테스는 이렇게 말한다. "남자들이 위험하다고 왜 말해주지 않았어? 조심하라고 왜 말해주지 않았느냐고. 신사 집안 아가씨들은 남자들의 술수를 소설에서 읽고 뭘 경계해야 하나 알게 되는데, 난 그런 식으로 배울 기회가 없었어. 엄마도 도움이 되지 않았어."라고. 당시에도 테스보다 나은 처지의 여자들은 제인 오스틴의 소설을 읽으며 연애와 결혼에 대해 배우기도 했을 것이다. 배운다고 해서 인생에 대해 속지 않는 건 아니지만.

애는 얼마 후 죽고 테스는 다시 동네를 떠나기로 한다. 자신을 모르는 곳으로. 이제 테스는 이전의 테스가 아니다. "깊은 사색의 흔적들이 그녀의 얼굴을 스쳐갔고, 목소리에는 이따금 비장함이 묻어났다. (…) 그녀는 사람들이 빼어난 미인이라고 할 여자가 되었다." 마치 『순수의 시대』에서 아처가 엘렌의 얼굴에서 아름다움을 발견할 때와 비슷하다. 아처는 엘렌과 한 자리에 있는 늙은 부인들이 엘렌보다 "신기할 만큼 미성숙해 보인다"며 엘렌의 눈의 깊이에 대해 생각하게 되었던 것이다. 어떻게 해서 테스의 얼굴에 이렇게 깊이가 생기게 되었던 것일까?

엘렌이 유럽으로 가서 백작과 결혼을 했다 이혼을 하고 다시 미국으로 돌아오는 여정을 겪은 것처럼 테스도 인생의 긴 여정을 떠났다 돌아왔던 것이다. 테스보다 운이 좋은 다른 여자들이 제인 오스틴의 소설을 읽으며 쉽게 배운 것보다 훨씬 많은 것을 테스는 더 어렵게 배웠다. 몸과 마음의 고난으로 복잡한 여자가 된 자신의 주인공을, 작가는 이렇게까지 묘사한다. 그녀가 겪은 일들을 "인문교육이라고 해도 무방하리라"라고.

이런 테스가 에인젤을 만난다. 신부 집안의 아들인 에인젤은, "어딘지 남다른 데가 있어서 같은 집에 사는 사람들의 부러움을 살 뭔가가 엿보이는" 테스에게 매혹된다. 테스는 이렇게 말하는 여자이기 때문이다. 영혼이 빠져나가는 걸 아는 제일 쉬운 방법이라며 이렇게. "밤중에 풀밭에 누워 크고 밝은 별 하나를 똑바로 쳐다보는 거예요. 그렇게 별에 마음을 집중하면 영혼이 곧 몸에서 수십만 마일 떨어져나가 몸이 조금도 필요하지 않은 느낌이 들거든요." 나는 하다가 말했던, '인문교육'을 통해 테스가 이렇게 되었다고 생각한다. 테스에게는 자신에 대해, 그리고 죽음에 대해, 영혼에 대해 깊이 생각할 만한 '인생의 사건'이 있었으니까.

에인젤은 테스에게 구애한다. 그리고 청혼한다. 테스도 에인젤이 미치도록 좋다. 아직까지 그녀가 본 누구와도 다르기 때문이다. 상냥하게 말할 줄 알고, 교육받은 사람한테서 느껴지는 거리감, 예민함과 슬픔 같은 게 있고, 책과 음악과 사색을 즐기는 남자니까. 그러나 자신의 처지 때문에 결혼할 수 없다고 생각한다. 결국, 자신에게 있었던 모든 일을 고백하는 테스…

테스는 돌아선 에인젤을 원망한다. '모든 불행이 일어나기 전에 그가 나를 선택했더라면!(테스와 알렉이 만나기 전 그들은 잠시 스친 사이다)'이라고. 하지만 그런 일은 일어나지 않았을 것이다. 테스가 에인젤을 매혹시킨 것은, 그 자신이 모든 일을 겪은 후였기에 가능했다. 인생에 생긴 불의의 사건으로 인해 깊은 사색을 하게 되었고, 그것들이 테스의 얼굴에 다채로운 깊이를 부여했고, 그게 에인젤을 흔들었던 것이다.

그녀는 마치 옷을 벗어던지는 것만큼이나
야릇하고 충격적인 일을 했다.
미소를 지었던 것이다.
그것은 너무나 복잡한 미소여서,
처음에는 찰스도 믿을 수 없다는 듯
그저 바라보기만 했다.
그것은 불가사의할 만큼 시의적절한 미소였다.
그녀는 이 순간을 기다려 온 것이 아닐까.
그 미소를 보여 주기 위해서.

———

존 파울즈, 『프랑스 중위의 여자』

시대를 갖고 논 사라

나는 사라만큼 강렬한 첫인상을 남긴 여자를 알지 못한다. 여자가 아닌 남자로 보인 여자는, 내가 알기로 사라 말고는 없다. 얼마 후 사라를 사랑하게 되지만 그 순간 아무것도 예감하지 못했던 찰스는 이렇게 말했던 것이다. "저기 보이는 사람이 어부인 줄 알았는데, 여자잖아"라고. 그건 사라가 그들 시대의 여자들이 입지 않는 검은색 옷을 입었기 때문이다. 그때는 빅토리아시대로, 여자들은 엄숙함을 요구하는 사회 분위기에 대한 반발 심리로 무난한 색상을 기피하고 튀는 색깔을 선택한다(사라를 함께 목격하는 찰스의 약혼녀 티나는 초록색 코트에 자홍색 스커트를 입고 있다).

사라가 입은 검은 옷이 사라의 모든 것을 말해준다고도 할 수 있다. 사라가 배척받는 여자라는 왜 그런가? '프랑스 중위의 여자'이기 때문이다. 잠깐 표류했던 프랑스 선원 바르귀엔과 결혼 약속을 했고, 동네 사람들 말을 빌리자면 '몸을 바쳤는데 버림받은 불쌍한 여자'다. 이 소설 속에서 주인공 사라는 이름 대신 '프랑스 중위의 여자'로 불린다(찰스도 처음에는 그녀를 그렇게 지칭한다). '프랑스 중위의 여자'를 풀어 쓰면 이런 말이다. 프랑스 중위 놈과 놀아난 헤픈 년.

　『프랑스 중위의 여자』를 읽다 보면 알게 된다. 이 소설에 프랑스 중위는 거의 나오지 않는다는 것을. 사라의 이야기에 잠깐 등장하고 마는 '프랑스 중위' 바르귀엔은 심지어 중위도 아니다(자신을 '중위'로 속였다는 게 사라의 이야기에서 드러난다). 이 소설은 프랑스 중위와 사라의 사랑 이야기가 아니라 사라와 찰스의 이야기다. 준남작의 후손이자 대단한 부자의 딸과 곧 결혼할 남자, 찰스는 숲속에서 잠들어 있는 사라와 만난 이후로 그녀에게 거의 빨려 들어간다. "그의 마음은 다시 사라에게 돌아가, 그 얼굴, 그 입, 그 풍부한 입술을 기억하려고 애썼다. 그 얼굴은 그에게 어떤 기억 – 너무 희미하고, 어쩌면 너무 일반적이어서 과거의 것이라고는 생각할 수 없는 기억 –을 일깨워 주었다." 이렇게 그녀로 인해 자신을 자각하고, 또 흥분한다. "그는 존재의 근원까지 흥분에 휩싸였다. 그 흥분은 성적 흥분이라고 부르기에는 너무 모호하고 일반적인 것이었다."

사라가 '프랑스 중위'와의 그 일을 고백하는 순간 그들의 관계는 결정적 순간을 맞는다. 사라는 찰스에게 고백했던 것이다. "전 스스로 제 몸을 바쳤어요."라고. 바르귀엔에게 말이다. 더 놀라운 것은 사라가 다음에 하는 말이다. "사람들이 절 손가락질하면서 저기 프랑스 중위의 창녀가 간다고 말하게 하려고… 그래요, 그런 말이 나오게 하려고 그런 짓을 했어요. (……) 전 수치와 결혼했어요." 그러고는 말한다. 그 수치심과, 다른 여자들과는 다르다는 자각이 그녀가 살아갈 수 있도록 지탱해준다고. 사라만큼은 아니지만 역시나 시대를 답답해하는 찰스는 그 말을 들으며 견딜 수 없는 감동을 느낀다.

나 또한 이 대목을 읽다가 감동 받았다. 스스로를 '창녀'로 지칭하는 여자라니. 자신을 더럽혀(사실은 더럽히는 것도 아니지만) 자신을 고귀하게 만든 이 여자의 아이러니를, 그렇게 하지 않았더라면 견딜 수 없었을 그녀의 고독을, 그럼에도 불구하고 여전히 남아 있을 그녀의 고독을, 교양은 갖추었으나 양갓집 숙녀는 아닌 사라에게 빅토리아시대의 삶이 얼마나 끔찍할지를 생각했다.

사라가 스스로를 '프랑스 중위의 여자'로 만든 것은, 테스가 그랬던 것처럼 '규칙'이 아닌 '예외'의 삶을 살고 싶었기 때문이라고 생각한다. 그러지 않았더라면, 그녀는 규칙에 따라 그녀의 자질이 아니라 그녀의 돈과 신분에 '적당한 남자'와 결혼하는 걸 강요받았을 테고, 그렇게 살다 미쳐버렸을 것이다. 이 모든 것을 예견했던 사라는 진짜로 미치지 않기 위해서 미친 것처럼 연기할 수밖에 없었다. 사라의 연기가 그럴 듯했는지 동네 사람들 중 몇은 사라를 '프랑스 중위에게 버림받아 미쳐버린 여자'라고도 말하고 있다.

이 소설을 읽다 보면, 큰 충격에 빠지는 순간이 온다. 이 불행을 자처한 여자의 거짓말 때문에.(자신이 한 거짓말로 고통받는 한 소녀의 이야기로는 바로 뒤에서 이야기할 『속죄』가 있다.) 충격을 받은 찰스는 사라를 비난하는데, 나는 무조건 사라 편이다. 나라도 그렇게 했을 것이기 때문이다. 그렇지 않았다면 살 수 없었을 것이기 때문이다. 그게 무엇에 대한 거짓말이었는지는 말할 수 없다. 고전이 대부분 '스포일러된 이야기'라지만 이 소설에서 이 부분을 이야기하면 안 될 것 같기 때문이다. 독자 여러분이 나 때문에 이 소설을 집어 들었다가, 내가 말하는 부분을 발견하고, 내가 그랬던 것처럼, 심장이 요동치는 것을 느낄 그 순간의 엄청난 희열을 뺏고 싶지 않기 때문이다.

사라는 자신의 절망감에 대해 찰스에게 이렇게 말하기도 했었다. "선생님은 이해하실 수 없을 거예요. 왜냐하면 여자가 아니니까요. 농부의 마누라가 될 팔자로 태어났으면서도 무언가 다른… 더 나은 사람이 되도록 교육받은 여자가 아니니까요. (…) 저는 그런 것들을 바랄 권리가 전혀 없어요. 그런데 제 가슴은 그것을 갈망하고 있고, 그게 헛된 소망에 불과하다는 걸 믿을 수가 없답니다."

『테스』를 염두에 두고 쓴 소설일 수밖에 없다. 빅토리아 시대를 배경으로 하고 있고, 비슷한 상황에 처했다고 볼 수 있는 여자를 다루고 있다. 둘 다 어찌 보면 '남자에게 속아 버림받은 여자는 어떻게 되는가?'에서 출발하는 소설이기도 하다. 테스가 빅토리아시대의 희생양이었다면 사라는 빅토리아시대를 갖고 논다. 그래서 난 『프랑스 중위의 여자』를 읽으며 좀 치유되는 느낌을 받기도 했다. 한 여자가 시대의 평균과 편견을 용감하게 아작 내는 모습은 통쾌해서 감동적이다.

이 소설은 어쩌면 사라의 눈빛으로부터 시작되는 이야기일 수도 있다. 찰스는 자신을 꿰뚫어 보는 그녀의 눈빛에 당황한다. "이 첫 만남 이후 찰스의 기억에 또렷이 남은 것은, 그녀의 얼굴에 드러나 있던 특징 따위가 아니라, 그의 예상에서 벗어난 모든 것이었다. 왜냐하면 그들은, 괜찮은 여성이라면 얌전하고 순종적이며 다소곳한 표정을 지어야 하는 시대에 살고 있었기 때문이다." 예민하고 섬세한 남자 찰스는 사라 같은 눈빛을 지닌 여자를 처음으로 보았고, 처음으로 보았던 만큼 충격에 빠지고, 계속해서 사라에 대해 생각하게 되었던 것이다. 누구와도 다르고, 시대에도 맞지 않고, 시대와 맞출 필요도 느끼지 못하는 너무나도 특별한 여자라는 걸 찰스는 강렬하게 느낀다. 사라라는 여자를 말이다.

사라를 만나기 전까지 나는 딱히 좋아한다고 말할 소설 속 인물을 갖지 못했었다. 결정적인 '나만의 캐릭터'가 없었던 것이다. 이름을 따서 이메일 주소로 삼거나 인물에 대해 내 나름의 '썰'을 풀 만한. 이를테면 포크너가 〈패리스 리뷰〉 인터뷰(『작가란 무엇인가』, 다른, 2014)에서 말한 것처럼. "그녀는 잔인하고 잔혹한 여성이며, 술주정뱅이이고, 낙관주의자이고, 믿을 수 없는 사람"이라거나 "인생과 싸우지만 결코 호의를 베풀어달라고 하지도 않고 애걸하지도 않는"이라는 나만의 표현들을 갖지 못했다는 말이다.

하지만, 이제는 말할 수 있게 되었다. 사라 우드러프. 나는 그녀에 대해 이렇게 말하겠다. "자신이 파괴하지 않기 위해서 자신이 망가진 것처럼 연기하는 잔인한 여성이며, 온전한 자기 자신으로 살기 위해 투쟁하는 용감한 여성이며, 일생의 사랑이 찾아왔을 때 순수하게 돌진하는, 자기에게 헌신하는 여성"이라고.

그녀가 달려온 세상은 그녀를 사랑하고 있었으므로
그녀가 원하는 것을 줄 것이며,
원하는 일이 일어나게 해줄 것이다.
그런 일이 일어난 후에,
그녀는 세상이 자신에게 준 것을 글로 묘사할 것이다.
글쓰기는 일종의 비상飛上이 아닐까?
비상과 환상과 상상의 현실화 작업이 아닐까?

———

이언 매큐언, 『속죄』

거짓 속에서 산 브리오니

다른 소설가들은 어떻게 생각할지 모르겠는데, 나는 소설에 대한 편견(?) 같은 게 있다. 소설가가 주인공인 소설은 그다지 재미가 없다는 것. 그래서 읽고 싶지 않다는 것. 이상하다. 영화감독이 나오거나 극장이 나오는 영화는 재미있는데, 왜 소설가나 소설가가 지금 쓰고 있는 책 이야기가 소설에 등장하면 재미가 없어지는지. 그냥 내 '필드'의 일이라 그런 걸까? 다른 독자들한테는 흥미로울 수도 있을까? 영화감독이 소설가가 나오는 소설을 본다면 재미있을까? 영화감독한테는 극장이나 영화감독이 나오는 영화가 나처럼 재미없을까? 아는(그리고 마음도 통하는) 영화감독이 있다면 묻고 싶었다.

이언 매큐언의 『속죄』가 바로 그런 소설이다. 소설가가 주인공이자 화자이고, 그녀가 쓰는 글들이 소설에 등장하는. 이를테면, 내가 그다지 선호하지도 않고 흥미를 느끼지도 않으며 따라서 읽고 싶지도 않은 유형의 책이다. 그런데 나는 왜 이 책을 읽었나? 주인공이자 화자인 소설가가 한 거짓말로 인해 인물들이 풍랑에 시달리는 이야기이기 때문이다.

나는 '거짓말'에 깊은 관심을 가지고 있다. 돈을 받았으면서 받지 않았다고 하는 그런 일차원적인 거짓말 말고, 여러 가지 이유와 맥락들이 결합된 거짓말 말이다. 이를테면, 『프랑스 중위의 여자』에 나오는 사라가 하는 거짓말처럼 세상의 기준으로는 그녀에게 불리하지만 사라의 기준으로는 자신을 고귀하게 만들어주는 그런 거짓말. 『참을 수 없는 존재의 가벼움』의 테레사가 하는, 토마스가 '6호실'에 묵는다는 사실에 시적 리듬을 부여하기 위해 '6시'에 퇴근한다고 하는 그런 거짓말. 에릭 로메르의 영화 〈모드 집에서의 하룻밤〉에서처럼 아내에게 모드와 자지 않았는데 잤다고 말하는(왜냐하면 아내는 그가 모드를 특별하게 생각하는 걸 알기 때문에 '그냥 하룻밤 잔 여자'라고 말할 수밖에 없는) 남자가 하는 그런 거짓말. 또, 『위대한 개츠비』에서 개츠비의 그녀 데이지가 자신을 지키기 위해서 하는, 하지만 동시에 개츠비를 배신할 수밖에 없는 그런 거짓말.

『속죄』는 자신이 한 거짓말로 스스로도 고통받고, 또 사랑하는 사람들의 인생행로를 바뀌게 만든 소녀의 이야기라고할 수 있다. 그런데 이 '거짓말'을 할 때 소녀는 그게 거짓말인지 몰랐다. 그러고는 평생 속죄하게 된다. 소녀 시절부터노년이 될 때까지. 왜? 그녀의 거짓말 때문이다. 물론, 그녀가 그 '결정적인 말'을 할 때 브리오니는 그것이 그렇게 중요한 말인지 몰랐다. 그리고 그토록 여러 사람의 인생에 막대한 영향을 끼칠지 몰랐다. 왜? 단지 '어렸기 때문에'라고 말하는 것은 브리오니를 포함한 영특한 어린 소녀들을 모욕하는 일이 될 것이다. 브리오니는 그것이 진실이라고 생각했다. 자신에게는 세상의 모든 일을 올바로 파악할 수 있는 직관이 있으며, 그 힘이 자신을 작가로 만들어줄 것이라고 믿었기 때문에 더 무모할 수 있었다.

"감수성이 풍부하고, 비밀을 사랑하며, 글쓰기를 좋아하는 소녀 브리오니가 자신이 보고 판단한 것을 온전한 진실이라고 믿고 행동했다가 친언니 세실리아와 그 남자 친구로비를 파멸로 몰아가는 이야기"라고 이 책의 번역자 한정아는 쓰고 있는데, 나는 이 문장을 보다가 무서워졌다. 이야기가 얼마나 위험한 것인가라는 것을 새삼 느꼈기 때문이다.

왜냐하면, 이야기란 쓰는 사람의 눈과 귀로 보고 들은 것을 옮기는 일인데 그 과정에서 어마어마한 전도나 왜곡이 일어날 수도 있기 때문에. 우리가 '진실'이라고 주장하는 것들은 보고 들은 것을 토대로 생겨나는데 그것이 얼마나 취약하고 또 위험한지에 대해서도.

생각해보면, 글쓰기에 대한 즐거움은 단어들을 조합하는 데서 시작했던 것 같다. 단어들을 조합하려면 일단 개별 단어의 뜻을 알아야 했고, 어떤 식으로 단어들을 조합해야 하는지 알아야 했고, 그다음엔 사람들이 잘 쓰지 않는 방식으로 조합하면서 기쁨을 누렸던 것 같다. 그러니까 관계없을 듯한 A와 B를 연결하기, 은유에 대해 깨친 순간이었다. 그래서 나는 이 부분에서 어린 시절의 나를 보는 듯한 느낌을 받았다. "기나긴 오후 동안 브리오니는 일반 사전과 동의어·반의어 사전을 뒤적이며 딱 들어맞진 않지만 인상적인 단어들을 택해 글을 만들어내곤 했다. 악한이 호주머니 속에 감춰둔 동전은 '내밀한' 것이었고, 자동차를 훔치다 붙잡힌 건달은 '후안무치한 자기변명'을 위해 눈물을 흘렸으며, 순종 종마를 탄 여주인공은 밤의 어둠 속으로 '황망한' 여행길에 올랐고, 왕의 이마에 깊게 팬 주름은 불편한 심정을 드러내는 '비밀 문자'였다."

이렇게 단어들을 가지고 노는 것은 세상에 질서를 부여하는 일이다. 그렇게 놀다 보면 세상의 다른 것들이 눈에 들어오기 시작한다. 눈에 잘 보이지 않는, 그래서 더 심오하고 중요한 의미를 띠는 듯한 어른들의 일 같은 것. 남들보다 감수성이 풍부하고 글을 쓰기 좋아하는 아이들은 이걸 자기식대로 해석해보기도 하는데, 문제는 그다음으로 나아가려 한다는 거다. 바로 그 순간 '거짓말'이 개입되게 된다. 그냥 말하기에는 심심하니 나름대로 가공을 하는 건데 어떤 부모들은 거짓말을 하는 자식을 보면서 한숨을 쉬기도 한다. 브리오니는 어떻게 거짓말을 하게 되는가?

1935년의 영국이다. 다시 한 번 소개하자면, 브리오니는 세상의 모든 것을 알아야 하고, 그러면서 비밀스럽고, 늘 몽상 속에서 사는 열세 살 소녀. 고위 공무원인 아빠, 신경 쇠약에 시달리는 엄마와 온화한 오빠, 브리오니에게 찬사를 바치는 언니를 둔, 유서 깊은 저택과 잘 관리된 정원을 가진 탈리스가의 막내다. 탈리스가에 친척 아이들이 놀러 온다. 쌍둥이 형제와 그들의 누나인 롤라. 롤라가 성폭행을 당한다. 브리오니는 어떤 남자가 범죄를 저지르고 떠나는 현장에 도착해서는 이렇게 말한다. "그 사람 봤어. 내가 봤어." 그러고는 떨고 있는 롤라에게 묻는다. "그 사람이었어. 그렇지?" 브리오니가 지목한 사람은 로비.

왜 로비인가? 브리오니가 보았고, 생각했기 때문이다. 브리오니는 로비가 자신의 언니인 세실리아를 '혼내서' 옷을 벗게 하는 장면을 목격했으며, 로비가 세실리아에게 보낸 편지를 훔쳐봤다. "상상 속에서 난 하루 종일 너와 사랑을 나눠"라는 문장과 함께 여성의 신체 부위를 지칭하는 말이 있는 음탕한 편지를. 또 언니와 로비가 서재에서 섹스하는 장면도 목격하는데, 이 또한 로비가 '강제'로 '위협'하고 있다고 생각한다. 이 연속적인 일들을 보고, 생각해서, 브리오니에게 '로비 = 위험한 사람'이 되었을 때 그 일이 일어났던 것이다. 브리오니는 경찰관에게 이렇게 진술한다. "네, 내가 그를 봤어요. 내가 그를 봤어요"라고.

브리오니는 보지 못했다. 하지만 본 것이라고 생각한다. 자신에게, 자신의 상상력과 통찰력에, 그것들이 만들어내는 이야기에 취해 있었기 때문이다. 브리오니의 말 때문에 로비는 감옥에 가고, 감옥에서 나오기 위해 전쟁터로 간다. 1940년이다. 2차 세계대전 중이었다. 브리오니는 자신의 증언이 거짓이었음을 사람들에게 밝히겠다는 내용의 편지를 세실리아에게 보낸다. 답장이 없는 언니를 찾아갔다가 로비와 마주친다. 로비는 브리오니에게 복수를 꿈꾸고, 브리오니는 작가가 된다. 그리고 자신이 한 거짓말에 대해 여러 번 되풀이해 쓴다. 마침내 나는 알게 된다. 브리오니는 세실리아와 로비를 만난 적이 없음을. 둘은 이미 전쟁과 폭격으로 죽었기 때문이다.

소설가가 된 브리오니는, 자신 때문에 헤어진 죽은 연인들을 만나게 했던 것이다. 그게 브리오니가 할 수 있는 속죄의 하나였다. 그러면서 또 이렇게 적는다. "나는 그들에게 행복을 주었지만, 그들이 나를 용서하게 할 만큼 이기적이지는 않다. 그럴 만큼 이기적이지는 않다." 이렇게 적을 수 있다니, 소설가란 참으로 이기적인 사람인 것이다. 아니, 브리오니처럼 이기적인 사람이 소설가가 되는 건지도 모르겠다.

그녀는 그가 난생처음으로 알게 된 '우아한' 여자였다.
그는 숨겨진 다양한 능력을 발휘해
상류층 사람들과 만나긴 했지만
그들과의 사이에는 언제나 눈에 보이지 않는
가시철조망이 가로놓여 있었다.
그는 그녀가 몹시도 탐났다.

___

F. 스콧 피츠제럴드, 『위대한 개츠비』

돈으로 가득한 데이지

데이지에 대해서는 별로 생각해본 적이 없다. 『위대한 개츠
비』에 나오는 개츠비의 유일하고도 절대적인 사랑 데이지
말이다. 나는 이 소설에 나오는, 영화로 치면 조연 격인 베이
커에게만 관심이 있었다. 골프 선수로 자신의 커리어를 일궈
왔고, 말과 행동에서 직업이 있는 현대 여성의 자신감이 느
껴지는 베이커에 비해 데이지는 화사하지만 뭔가 답답하고
시시하게 느껴졌던 것이다. 데이지는 남자와 사랑, 이 두 가
지로만 이루어진 삶을 사는 여자라 그렇다.

데이지를 말하기 위해서는 먼저 개츠비를 말해야 한다. 개
츠비의 눈을 통해서 데이지의 진가가 드러나기 때문이다. 나

는 이 책을 다시 읽을 때마다 개츠비란 남자가 너무 하찮아서 놀란다. 세속적인 조건으로만 본다면, 이 남자는 내가 무시할 만한 사람이 못 된다. 옥스퍼드를 나왔고, 명예롭게 전쟁에 참전했으며, 매일 밤 파티를 열 정도로 부유하고, 잘생겼다. 심지어 순정파다. 7년 전에 헤어진 여인인 데이지를 잊지 못한다. 그녀가 결혼을 했든, 아이를 낳았든 그의 사랑을 막지 못한다. 괜찮은 남자로 보이는가?

그렇다면 이건 어떤가. 개츠비는 이 소설의 화자인 닉 캐러웨이에게 자동차를 과시하며 이렇게 묻는다. "차 멋있죠, 형씨?" 이렇게도 말한다. "전 젊은 왕자처럼 파리, 베네치아, 로마 같은 유럽의 수도에서 살면서 보석, 주로 루비를 수집하고 사파리 사냥을 하고, 심심풀이로 그림도 좀 그리며 살았지요." 슬픔을 잊으려고 그랬단다. 닉은 그가 "화려한 여관집 주인" 같다고 느낀다. 자기한테 스스로 '젊은 왕자'라니… 나도 코웃음이 나왔다.

미처 못 봤던 것들이 보이면서 개츠비가 (위대하기는커녕) 더 시시해 보인다. 멋을 부린다고 입은 것이 위아래 모두 분홍색인 양복이나, 그들이 모두 함께 있는 자리에서 데이지로 하여금 남편인 톰에게 '당신을 한 번도 사랑한 적이 없다'고 말하게 강요하는 장면도 그랬고, 개츠비가 데이지를 그토록 사랑했던 이유가 '돈' 때문이었다는 걸 노골적으로 말하는 장면도 그랬다. 그렇다. 개츠비는 돈 때문에 데이지를 사랑했다. 더 정확히 말하자면, '돈으로 가득한 목소리'를 지닌 여자라서.

"바로 그것이었다. 전에는 미처 깨닫지 못했던 것이었다. 데이지의 목소리는 돈으로 가득 차 있었다. 그 안에서 높아졌다 낮아졌다 하는 그 끝없는 매력, 그 딸랑거리는 소리, 그 심벌즈 같은 노랫소리… 하얀 궁전 저 높은 곳에 임금님의 따님이, 그 황금의 아가씨가…." 이게 개츠비에게 보이는 데이지다. 돈으로 가득 찬 목소리란 어떤 걸까 상상해본다. '돈으로 가득 찬 목소리'라고만 하면 종잡기 어렵지만 데이지를 떠올려본다면 알 것도 같다. 근심걱정이 없고, 천진난만하고, 밝고, 철이 없고, 단순하고, 거리낌이 없고… 또 그 목소리로 어떤 말을 하는지도, 목소리가 들려오는 얼굴이나 표정도 중요할 텐데 데이지는 "귀여운 표정에 능글맞은 미소를 띠고" 말하곤 한다. 이렇게 써보니 알겠다. 돈으로 가득한 목소리란 바로 이렇게 샴페인 거품처럼 톡톡 터지는 분홍빛 세계의 사운드인 것이다.

개츠비에게 데이지 같은 여자는 처음이었다. 그걸 피츠제럴드는 이렇게 쓴다. "그녀는 그가 난생처음으로 알게 된 '우아한' 여자였다. 그는 숨겨진 다양한 능력을 발휘해 상류층 사람들과 만나긴 했지만 그들과의 사이에는 언제나 눈에 보이지 않는 가시철조망이 가로놓여 있었다. 그는 그녀가 몹시도 탐났다." 개츠비는 그녀가 상류층의 일원이어서 사랑했다. "부富가 가두어 보호하는 젊음과 신비", 이 데이지의 매력은 개츠비가 간절하게 이루고 싶었던 꿈이기도 했던 것이다. 개츠비가 그토록 갖고 싶은 것들을 갖고 있다고 생각하는 데이지를 갖는 건, 그로서는 꿈을 이루는 것이기도 했기에.

이들은 서로에게 너무나 잘 맞는 상대였던 것 같다. 개츠비가 자신의 부를 과시하면서 색색의 셔츠를 자랑할 때 데이지가 보이는 반응을 보라. "그는 와이셔츠 더미를 끄집어내어 하나씩 우리 앞에 던졌는데, 얇은 리넨 셔츠, 두꺼운 실크 셔츠, 고급 플란넬 셔츠가 떨어질 때마다 개켜졌던 자국이 펴지며 가지각색으로 테이블 위를 덮었다. 우리가 감탄하는 동안 그는 셔츠를 더 많이 가져왔고, 부드럽고 값비싼 셔츠 더미는 점점 더 높이 올라갔다. 산호빛과 능금빛 초록색, 보랏빛과 옅은 오렌지색의 줄무늬 셔츠, 소용돌이무늬와 바둑판무늬 셔츠들에는 인디언 블루 색으로 그의 이름의 머리글자가 새겨져 있었다."

나는 이 장면을 몇 번을 봐도 아연한데, 셔츠를 자랑한답

시고 옷장에 있는 것들을 꺼내 공중에 집어 던지는 사람의 마음을 이해하기 힘들기 때문이다. 그런데, 데이지는 이걸 보다 웃음이 아닌 울음을 터뜨리는 것이다. 너무나 아름다운 셔츠들이라며, 아직까지 이렇게 아름다운 셔츠를 본 적이 없다면서. 그러니 둘은 서로를 사랑했을 것이다.

데이지에게 호감을 갖고 있지만 데이지의 매력에 눈이 멀지는 않은 데이지의 사촌 닉은 데이지를 제대로 보고 있다. "그녀의 목소리가 더 이상 억지로 내 주의를 끌려고 하거나 신뢰를 얻으려 하지 않고 뚝 끊기는 순간, 나는 그녀가 한 말이 근본적으로 진실하지 못하다고 느꼈다. 마치 오늘 저녁 시간 전부가 내게서 자신에게 유리한 감정을 이끌어내려는 일종의 속임수였던 것 같아 마음이 불편했다." 하지만 개츠비에게 데이지가 진실되냐 진실되지 않느냐는 중요한 문제가 아니다. 데이지의 '거짓'은 그녀가 그녀답게 살기 위해 능동적으로 채택한 꽤나 편리하고 아름다운 방식으로 보이기까지 한다.

이렇게 데이지에게 비판적인 닉마저도 인정하는 데이지의 매력은, 역시 목소리다. "그녀의 음성에는 그녀를 사랑해본 남자라면 좀처럼 잊기 힘든 어떤 흥분이 깃들어 있었다. 즉 노래하는 듯한 충동, "자, 들어봐요" 하는 속삭임, 방금 즐겁고 신나는 일을 했으며 다음에도 즐겁고 신나는 일이 생길 거라는 약속이 들어 있었던 것이다"라고 말하니 말이다. 그러니 데이지를 되찾아야 한다. 개츠비의 입장에서 보자면 말이다. 개츠비가 꿈꾸는 삶을 소유할 수 있(다고 생각하)게 만드는 여자이니 말이다. 그러나 개츠비는 어처구니없이 죽고 만다.

그러니 개츠비는 전 생애를 데이지를 얻는 데 바쳤다고도 할 수 있다. 개츠비가 더 오래 살았다면 어떻게 되었을지 모르겠지만 말이다. 개츠비보다 훨씬 오래 살면서도 전 생애를 바쳐 결국 사랑하는 여인을 얻는 남자도 있다. 『콜레라 시대의 사랑』의 플로렌티노 아리사. 그는 사슴처럼 걷는 여자 페르미나 다사를 알게 되고 나서 56년이 넘도록 그녀만을 사랑한다. 기회를 엿보다가 그녀의 남편의 죽은 날 다시 그녀의 인생에 슬며시 등장한다.

『위대한 개츠비』는 몇 번쯤 사랑에 실패한 사람만이, 이해할 수 없는 사랑을 해본 사람만이 이해할 수 있는 소설이다. 충분히 사랑할 만한 사람이라서 내가 그를 사랑하는 것만은 아니라는 걸, 아니었다는 걸 인정한 사람만이 이 소설을 온전히 느낄 수 있다. 나 또한 충분히 사랑받을 만한 사람이라서 그가 나를 사랑한 것은 아니었다는 것을 알게 되었을 때

데이지가 내 마음으로 들어왔다.

그리고 이제야 알 것 같다. 데이지를 어떻게 이해해야 할지 모르겠다며 난감해하던 나의 마음에 대해 말이다. 나는 인정하고 싶지 않던 나의 '데이지다움' 때문에 데이지를 받아들이지 못했던 것이다. 이제는 이렇게 쓸 수 있다. "나도 개츠비 같은 남자를 사랑했던 적이 있다. 그때 나는 데이지였기 때문이다."

그녀는 거만하게 걸었다.
머리는 꼿꼿이 세웠고, 눈은 움직이지 않았으며,
걸음은 빨랐고, 코는 뾰족했으며,
두 팔로 책가방을 가슴에 꼭 안고 다녔다.
사슴처럼 걷는 발걸음은 마치 중력의 영향을
받지 않는 것처럼 사뿐했다.

―――――

가브리엘 가르시아 마르케스, 『콜레라 시대의 사랑』

아몬드 냄새가 나는
페르미나 다사

페르미나 다사를 생각하면 아몬드 나무 아래 앉아 있는 듯한 기분이 든다. 갑자기 아몬드 냄새가 짙게 느껴져 고개를 들면 머리 위의 아몬드 열매들이 흔들리고 있다… 바람이 불기 시작한 것이다. 나는 바나나 나무를 본 적이 없는 것처럼 아몬드 나무도 본 적이 없어서 아몬드 꽃도, 열매가 열리는 것도 본 적이 없다. 그래서 『콜레라 시대의 사랑』에 나오는 아몬드 나무를 떠올릴 수밖에 없다. 나한테는 이 소설의 아몬드 나무가 반 고흐가 그린 하늘색 바탕의 아몬드 나무 그림보다 더 익숙하다. 페르미나 다사는 아몬드 나무 아래의 벤치에 앉아 책을 보았던 것이다. 그래서 나는 아몬드 나무를 떠올리면 이 소설이 생각나고, 이 소설을 생각하면 아몬드 나무 냄새를 맡으면서 책을 읽었을 그녀를 떠올리게 된다.

그리고 플로렌티노 아리사도 함께. 그는 아몬드 나무 아래 앉아 있는 페르미나 다사를 보기 위해 자신도 아몬드 나무 아래 앉아 있을 수밖에 없는 남자이기 때문이다. 그는 하루 종일 공원의 아몬드 나무 아래 벤치에 앉아 시집을 읽는 척하며 그녀를 관찰하기 시작한다. 나는 아몬드 나무 아래가 아니었다면 어쩌면 이들의 운명은 달라졌을지도 모르겠다고 생각한다. 아몬드 나무 아래에 있는 그녀를 보는 것만으로도 황홀한데, 그녀를 보기 위해서 자신도 아몬드 나무 아래 있어야 하는 상황이 발생하게 되는 것이다. 이건 뭐랄까, 완벽한 사랑의 공간이 아닐까라는 생각이 든다. 그러니까 '공간의 타이밍'.

그래서일까. 마르케스는 페르미나 다사의 눈을 묘사할 때 '아몬드 같다'라는 표현을 즐겨 쓴다. 반세기 전이나 반세기나 지난 지금에도 그녀는 아몬드 눈을 가졌다. 여전히 멋과 스타일을 포기하지 않은 그녀는 나이 든 흔적이 신체의 여기저기에 드러날 때에도 그 눈만은 변하지 않는다. "결혼사진에서 변하지 않은 것은 투명한 아몬드 같은 눈과 천부적인 도도함뿐이었다"라는 묘사가 그걸 말해준다.

젊은 시절 그녀는 어땠나. "그녀는 거만하게 걸었다. 머리는 꼿꼿이 세웠고, 눈은 움직이지 않았으며, 걸음은 빨랐고, 코는 뾰족했으며, 두 팔로 책가방을 가슴에 꼭 안고 다녔다. 사슴처럼 걷는 발걸음은 마치 중력의 영향을 받지 않는 것처럼 사뿐했다." 둘은 그가 그녀의 집에 전보를 배달하러 갔다 처음 만난다. 열일곱 살이던 그가 열세 살이던 아몬드 모양의 눈을 한 그녀와 마주쳤던 것이다. 그녀를 보자마자 플로렌티노 아리사는 사랑한다.

그후, 그는 하루 종일 공원의 아몬드 나무 아래 벤치에 앉아 시집을 읽는 척하며 그녀를 관찰하기 시작했던 것이다. 하지만, 고개를 꼿꼿이 세운 채로 앞만 보고 걷는 소녀는 누군가 자신을 보고 있다는 것을 오래도록 알아차리지 못한다. "그는 점차로 그녀를 이상화시켰고, 검증할 수 없는 미덕과 상상의 감정을 그녀에게 부여하곤 했다. 그렇게 이 주일이 지나자 마침내 그는 그녀만을 생각하게 되었다." 보다 보니까 계속 보고 싶어졌고, 계속 보니 말을 하고 싶어졌고, 그러다 보지 못하면 참을 수 없이 고통스러워졌고, 계속해서 그녀를 생각할 수밖에 없었던 것이다.

페르미나도 바보가 아니기 때문에 그가 자기를 사랑하는 걸 안다. 그런데, 그로부터 어떤 직접적인 반응도 없으니 궁금해하다가 그를 생각하게 되고, 마침내는 마음을 주게 된다. 플로렌티노 아리사도 바보가 아니어서 자신에 대한 그녀의 마음을 알아차린다. 페르미나가 아몬드 나무 아래 벤치에서 책을 보는 게 우연이 아닌 명백한 의도임을 알게 된 것이다.

앞으로 페르미나를 생각하면 저절로 아몬드 냄새가 떠오를 수밖에 없다는 것을 그때는 몰랐을 플로렌티노 아리사는 그녀에게 드디어 다가간다. 그가 그녀 앞에 가서 멈추었을 때를 묘사한 마르케스의 이 문장을 나는 좋아한다. "너무나 가까이 있었기 때문에 그녀의 숨결과 꽃향기를 맡을 수 있었다. 그것은 그가 평생 동안 떠올릴 그녀의 냄새였다."

그녀의 냄새를 향수로 만든다면 어떤 향기가 될지 궁금해졌다. 입생로랑에서 나왔던 리브 고쉬라는 향수를 시작으로 향수를 좋아하게 된 나는 십대 때 잠깐 조향사가 되고 싶었던 적이 있었다(어느 과목보다 화학을 잘 해야 한다는 이야기를 듣고 아주 빨리 마음을 접었다). 생각해보면, 내가 조향사가 되고 싶었던 것은 향수의 이름을 지을 수 있어서 그랬던 것 같다. 그렇다면 소설의 여성 캐릭터들로 향수를 만들 수도 있는 것이다. 안나, 사라, 베이커, 엠마, 에스더, 리디아, 페르미나…

아마도 플로렌티노 아리사는 아몬드 냄새가 나는 향수를 만들려는 사람보다도 더 아몬드 냄새를 감각할 수 있었을 것이다. 반세기 넘게 떨어져 있었기 때문이다. 계속 되풀이해 생각할수록 페르미나와의 일들은 희미해져도 아몬드 냄새는 짙어졌을 것이다. 만약에 둘이 그때 이루어졌다면 이 소설에서 아몬드 냄새가 이토록 짙지는 않았을 것이다. 그렇다면 그토록이나 되새기며 그리워할 이유가 없었을 테니까.

그는 어떻게 그녀의 인생에 다시 등장하는가. 그녀 남편의 장례식에 참석해서다. "페르미나, 반세기가 넘게 이런 기회가 오길 기다리고 있었소." 그는 이렇게 말한다. 남편의 장례식에서 저렇게 말하는 남자에게 페르미나는 욕설을 퍼붓고 싶은 충동을 다스리며 이렇게 말한다. "당신의 여생이 얼마 남지 않았으면 좋겠군요." 시간이 흐르고, 그는 다시 편지를 쓰고, 페르미나의 삶에 조금씩 들어오기 시작한다. 그는 화요일마다 흰 장미를 들고 그녀를 방문하고, 그녀는 그가 흰 장미를 들고 올 것을 예상하고 물을 넣은 꽃병을 미리 준비한다.

그런데, 엄마의 새로운 남자에 대해 알게 된 페르미나 다사의 딸은 이 연정을 비웃으며 이렇게 말한다. "우리 나이에 사랑이란 우스꽝스러운 것이지만, 그들 나이에 사랑이란 더러운 짓"이라고. 이 말을 한 대가로 오십 대인 페르미나의 딸은 엄마로부터 의절당한다. 페르미나는 이렇게 말한다. "일 세기 전에는 우리가 너무 젊다는 이유로 그 불쌍한 남자와 날 괴롭히더니, 이제는 너무 늙었다는 이유로 그러는군."

결국, 페르미나 다사는 플로렌티노 아리사와 '더러운 짓'을 하기로 결심한다. 이 부분은 그대로 옮기지 않을 수 없다. "예전에 상상했던 것처럼 허리까지 벗은 그녀를 보았다. 그녀의 어깨는 주름져 있었고, 가슴은 축 늘어졌으며, 갈비뼈는 마치 개구리처럼 창백하고 차가운 살가죽으로 뒤덮여 있었다." 그리고 여기에, 그들이 반세기 전 서로를 열렬히 사랑하던 때를 겹쳐 놓아본다. "그해는 두 사람이 처절할 정도로 사랑에 빠진 해였다. 두 사람 모두 서로를 생각하고, 상대방과 함께 있는 것만을 꿈꾸면서 인생을 꾸려나갔다. 상대방의 편지를 받기를 너무나 갈구했고, 똑같은 마음으로 답장을 했다. 환희에 들뜬 그 봄날과 그다음 해에도 그들은 직접 만나서 이야기를 나눌 기회가 없었다."

그녀는 그렇게 첫사랑이기도 하면서 또 마지막 사랑이기도 한 전무후무한 캐릭터가 된다. 타고났기도 했고 갈고닦기도 했을 비범함 때문이라기보다는 그런 그녀를 제대로 알아봐 준 한 남자가 있었기 때문에 가능했다. 이 소설은, 그리고 페르미나 다사라는 인물은, 우리가 어떤 사람을 만나는지에 따라서 우리가 달라질 수 있는 가능성에 대해 생각하게 한다. 내가 어떤 사람이 되지 못한 것은 어떤 그 누군가를 만나지 못해서일 수 있고, 내가 어떤 사람이 되었다면 그 누군가를 만나서였을 수도 있다는 것을.

'나'는 '너'로 인해 '내'가 되기도 하는 것이다. 『폭풍의 언덕』으로 이어가기 위한 좋은 흐름이다. 바로 이 소설의 주제이기도 하기 때문이다.

"천국은 내가 있을 곳이 아닌 것 같더라,
그냥 그 말이야. 나는 세상으로 돌려보내 달라면서
정말로 서럽게 울었어.
천사들이 화가 나서 나를 집어던졌는데,
떨어진 자리가 폭풍의 언덕 히스 밭이었어.
나는 너무 행복해서 엉엉 울다 잠이 깼어."

———

에밀리 브론테, 『폭풍의 언덕』

끝내 지루함을 선택한 캐서린

캐서린을 이야기하려면 어쩔 수 없이 히스클리프를 먼저 이야기해야 한다. 히스클리프가 폭풍의 언덕 그 자체이기 때문이다. 무슨 말인가 하면… 일단, 『폭풍의 언덕』의 원제는 '워더링 하이츠Wuthering Heights'로 에밀리 브론테의 이 소설에서는 특정한 장소이기도 하고 '폭풍이 어마어마하게 부는 곳'이라는 속뜻을 가졌다. 그리고, 이 '워더링 하이츠'를 워더링 하이츠답게 만들어주는 게 히스다. (아마도) 분홍색 꽃인 히스는 폭풍이 불 때 언덕에서 어마어마하게 일렁여 폭풍을 분홍 화염으로 만들어주는 것이다. 여기에 한 가지 더. 히스클리프의 이름은 그 'heath'와 절벽이라는 뜻의 'cliff'가 결합

된 합성어다.

　'워더링 하이츠'가 곧 '히스클리프'이다. '워더링 하이츠'의 동음이의어가 '히스클리프'인 것이다. 세상에나… 단순하면서도 심원한 이 소설의 비밀을 깨달은 나는 좀 다른 눈으로 이 소설을 보게 되었다. 예전의 내가 먼 거리에서 워더링 하이츠를 올려다보았다면, 지금의 나는 비바람이 치는 워더링 하이츠에 서서 미칠 듯이 일렁이는 히스들과 함께 흔들리고 있는 것이다. 길지도 않은 내 머리카락은 바람에 날려 산발이 되고… 나는 그런 채로 완악한 바람이 대기 중으로 풀어놓는 히스 입자들을 보고 있다.

　보면서 생각하는 것이다. 불같고도 거칠기 그지없는 성미의 남자 히스클리프가 워더링 하이츠이고, 잔혹하면서도 아름다운 워더링 하이츠가 히스클리프이고, 워더링 하이츠에서 일렁이는 히스 불길 또한 히스클리프인 것이다. 잔혹한 워더링 하이츠를 아름다운 곳으로 만들어주는 것은 히스이고… 워더링 하이츠라는 공간적 배경이 사람으로 만들어진 게 히스클리프라는 인물인 것이다!

　대체 왜 그동안 그 생각을 못 했던 것인지 생각해보았다. 바로 이게 이 소설의 핵심이라는 생각이 들어서 더 그랬다. 아마도 히스라는 풀을 본 적이 없어서 그런 게 아닐까 싶다.

나는 'heath'라고 쓰는 이 풀을 본 적이 없는 것이다. 그러니 어떤 느낌도 가질 수 없었다. 상상이란 아무 것도 없는 것에서 솟아나는 게 아니라 사소한 것이라도 현실의 실물감이 있어야 한다.

구글 이미지 검색으로 히스를 찾아보면, 꽃은 아카시아 열매처럼 다발로 달리고, 색은 주로 마젠타 계열의 짙은 분홍색인 듯하고, 잎은 솔잎처럼 가늘고 뾰족하다. 향기가 얼마나 짙은지, 어떤 계열의 냄새인지, 아니면 리시안셔스처럼 별다른 냄새가 느껴지지 않는 꽃인지 무척이나 궁금하다. 그리고 무엇보다 이 히스 군락이 폭풍이 치는 언덕에서 어떻게 휘날릴지가 가장 궁금하다. 다발로 달린 꽃들이 폭풍에 시달리다 못해 공중에서 터져버리는 것인지, 그래서 아마도 군청색일 배경 사이로 마젠타 빛의 꽃들이 폭죽처럼 터져버리는 것은 아닐지 매우 궁금하다.

히스클리프가 워더링 하이츠라고, 워더링 하이츠가 히스클리프라고 생각하게 된 것은 그를 사랑하는 캐서린의 이말 때문이었다. "천국은 내가 있을 곳이 아닌 것 같더라, 그냥 그 말이야. 나는 세상으로 돌려보내 달라면서 정말로 서럽게 울었어. 천사들이 화가 나서 나를 집어던졌는데, 떨어진 자리가 폭풍의 언덕 히스 밭이었어. 나는 너무 행복해서 엉엉 울다 잠이 깼어"라고. 예전에는 별다른 의미를 부여하지 않았던 '히스 밭'이라는 단어가 갑자기 다르게 다가왔기에 나는 이 글을 쓰게 되었다. 캐서린도 히스클리프를 워더링 하이츠라고, 그가 바로 워더링 하이츠의 히스 밭이라고, 폭풍에 일렁이는 히스 밭이 히스클리프라고 생각했던 것이라고, 나는 생각했던 것이다.

캐서린이 히스 밭을 '히스클리프의 가슴' 혹은 '히스클리프의 품'이라고 느꼈던 것이라고 생각하자 기분이 복잡해졌다. 이런 말을 할 때의 캐서린은 다른 남자와의 결혼을 앞두고 있기 때문이다. 다른 남자의 이름은 에드거 린턴, 그가 바로 '지루한 천국'이다. 심지어 그와 결혼하려는 이유는 린턴의 돈으로 히스클리프를 보살피기 위해서다. 지루한 천국보다 격렬한 지옥에 있기를 꿈꾸는 여자 캐서린은 그렇다. 이런 말을 해서 캐서린은 유모인 넬리로부터 결혼의 의무가 뭔지 모르거나 방종한 여자라고 비난받는데, 캐서린만 그런 게 아니라 이 소설에는 제대로 된 사람이 별로 없다. 어딘지 비현실적이고 어딘지 이상하고 어딘지 망가져 있다.

그중에서도 가장 이상한 게 두 남녀라는 것은 말할 것도 없다. 캐서린과 히스클리프는 누가 더 격정적인지 누가 더 망가질 수 있는지 죽을 만큼 힘겹게 다투는 연인이다. 캐서린이 지루한 천국을 택하자 히스클리프는 자신의 모든 재능을 복수하는 데 쓴다. 캐서린은 죽고, 그들 주변 사람들의 인생은 모두 망가진다.

그 망가짐의 역사는 이런 식으로 진행된다. 히스클리프는 캐서린 남편의 여동생을 홀려서 결혼한다. → 그녀를 학대한다. → 여자는 도망쳐 허약한 남자아이를 낳는다. → 여자가 죽자 남자아이를 데려온다. → 죽은 캐서린이 낳은 딸과 자신의 아들을 억지로 결혼시킨다. → 아들이 죽는다. → 며느리(사랑했던 여자의 딸이기도 한)와 같이 살며 괴롭힌다. 이 모든 비극은 히스클리프가 캐서린을 얻지 못해서 일어난 일이다. 캐서린은 지루한 천국을 선택했고, 천국은 아닐 것 같은 저세상으로 떠났기 때문이다.

캐서린은 어떤 여자이기에 히스클리프는 그녀를 그토록 잊지 못하나. 캐서린이 그를 지독히도 사랑하기 때문이다. 그는 그런 사랑을 받아본 적이 없으며, 그런 사랑은 앞으로도 받을 수 없는 것이기 때문이다. 캐서린은 이렇게 말하는 여자다. "내가 그 애를 사랑하는 건 잘생겼기 때문이 아니야. 그 애가 나보다 더 나 자신이기 때문이야. 그 애의 영혼과 내 영혼이 뭘로 만들어졌는지는 모르겠지만 어쨌거나 같은 걸로 만들어져 있어." 또 이렇게. "내가 이 세상에서 겪은 가장 큰 고통은 히스클리프가 겪은 고통이야. 나는 그걸 처음부터 지켜보았고 그대로 느꼈어. 내 삶에서 가장 큰 슬픔이 그 애였어. 모든 것이 사라진다 해도 그 애만 있으면 나는 계속 존재하겠지만, 모든 것이 그대로라 해도 그 애가 죽는다면 온 세상이 완전히 낯선 곳이 되어버릴 거야. (…) 내가 곧 히스클리프인 거야." 그러니까, '내가 바로 너야'라고 말하는 여자인 것이다. 그의 고통을 나의 고통으로 느끼는 여자인 것이다. 그의 슬픔의 나의 슬픔이 되는 여자인 것이다.

캐서린을 보면서 생각했다. 사람이 인생에서 사용할 수 있는 '감정의 총량'이 있는지도 모르겠다고. 캐서린은 감정을 모조리 태워버렸기 때문에 남은 생을 지탱할 만한 기운이 사라진 게 아닌지 모르겠다고. 그녀가 말하는 것을 듣고 있으면 피를 토하는 게 저런 건가 싶다. "나는 내 히스클리프를 사랑할 거고, 저승까지라도 데리고 갈 거야. 그는 내 영혼 안에 있으니까." 캐서린은 결국 제 성질을 이기지 못하고 병이 나서 정신착란을 일으키고 죽는다. 자신의 열기로 자신을 죽였고, 그러므로 히스클리프도 '죽인다'. 캐서린은 '내가 너야'라고 말하는 여자니까.

워더링 하이츠가 히스클리프이고, 히스클리프가 워더링 하이츠라는 말은 이렇게도 쓸 수 있다. 워더링 하이츠가 캐서린이고, 캐서린이 워더링 하이츠라고. 왜냐하면, 히스클리프는 캐서린이고, 캐서린은 히스클리프이니까. 그렇다면 폭풍우가 치는 워더링 하이츠에서 일렁이는 히스 밭은 캐서린이다. 히스클리프의 마음에서 꺼지지 않고 계속해서 그를 뒤집어놓는 그 분홍 화염 말이다.

"(요코는) 마사유키 군한테서
사랑받으리라고는 생각도 않았습니다.
그뿐 아니라 사랑받으려 하지조차 않았습니다.
마사유키 군처럼 결혼상대로서
모든 것을 완벽하게 갖춘 청년에게,
그것이 얼마나 자유롭게 느껴졌을까요.
게다가 (…) 하필이면 다로 군 같은
사내아이의 추억에 휘둘려서,
이 세상을 절반밖에 살지 못하고 있었던 것입니다.
그리고 마사유키 군 정도 되는 청년의 사랑조차도
바라지 않는 것입니다."

———

미즈무라 미나에, 『본격소설』

순수와 격정을 오가는 요코

이 책에서는 요코는 단 한 번도 미인으로 묘사되지 않는다. 그녀가 속해 있는 곳은 여름이면 별장에 모여 오페라를 들으며 일하는 사람들이 내준 선데이 디너를 먹는 '하이칼라'의 세계다. 요코의 어머니와 이모들인 사이구사 세 자매는 화려한 미인의 대명사로, 그녀들의 얼굴을 이어받은 여자들은 '히라노 가문의 얼굴'을 가졌다고 말해지는 그 세계에서 요코는 유일하게 '히라노 가문의 얼굴'을 가지지 못한 여자아이였다. 외할머니로부터 자기네 대에 이르기까지 3대가 미모로 명성이 자자한 집안에서 자랐던 요코였으나 본인만 그렇지 못했던 것이다.

아가씨답지 못한 아가씨이기도 했다. 그래서 요코네 가사 고용인이었던 후미코는 이렇게 덧붙인다. "지난번에 사이구사 가에서 본 나비 같은 여자아이들 속에 이렇게 이상한 게 끼어 있었다니 도무지 믿을 수 없을 정도였습니다"라고.

그렇다. 요코는 어쨌든, 사이구사 가의 '아가씨'인 것이다. 귀족까지는 아니지만 귀족 가문과 교류하는 집에서 태어난 여자다. 문제는, 아가씨처럼 보이지 않는 아가씨라는 것. 피부가 검고 까칠까칠한 데다, 눈을 하얗게 치뜬 채로 사람을 노려보고, 열이 잘 오르는 체질이라 냄새도 좋지 않았다. 후미코는 어린아이인 요코에게서 어두움과 난폭함, 험상궂은 기운을 느꼈다고 말한다. 이런 요코가 놀다가 얼굴에 상처가 났을 때 사이구사 가의 거의 모든 사람들은(그리고 일하는 사람들까지도) '요코여서 다행이야'라고 생각하는 서로의 마음을 읽기도 한다. 어릴 때부터 화려한 여자들 틈에서 좀 얕잡아 보이는 데가 있었던 것이다.

그런 요코를 누가 사랑하는가? 마사유키다. 거의 모든 걸 갖춘 화려한 여자들이 남편감이나 사윗감으로 삼고 싶어 하는 마사유키. 그는 요코의 특별한 자질 때문에 요코를 사랑한다. 마사유키를 차지하기 위해 경쟁하는 분위기 속에서 요코는 그러지 않았다. 모든 여자들이 그 세계의 왕자님인 마사유키를 사랑할 때(그리고 의식할 때) 요코는 그저 담담했다. 요코가 사랑하는 남자는 따로 있었으니까.

다로다. 아즈마 다로. 요코의 화려한 이모들은 다로를 "색남"이라고 부른다. 자라면서 점점 외모에서부터 특별한 자질이 드러나는 다로가 평범한 일본 여자들이 꼼짝할 수 없는 남자라며, 멸시와 감탄을 섞어서 말하는 것이다. 어쨌거나 우리와는 관계없는 '서민 세계의 일'이라고. 그러나 다로에게 홀린 것은, 요코였다. 그들의 조카이자 '아가씨'인 요코는 다로를 운명의 연인으로 결정했던 것이다.

미국으로 떠난 다로를 여전히 그리워하는 요코는, 마사유키를 친절하고 다정한 사람 정도로 생각하며 욕심내지 않았다. 그의 환심을 사려는 여자들에게 둘러싸여 살아온 마사유키에게 이런 요코는 더없이 신선했을 것이다. 마사유키가 아닌, 당신이라 해도. 그렇지 않겠는가? 모두가 나를 사랑하는데 나를 사랑하지 않는 단 한 사람이 있다면 나는 그를 사랑할 수밖에 없다. 그의 마음이 해독되지 않기 때문이다. 우리는 이런 걸 '신비'라고 또 '미스터리'라고도 부른다. 마사유키는 여전히 다로를 잊지 못하는 요코에게 다로가 돌아오면 언제든지 보내주겠다고 약속하고 결혼한다. 마사유키는 죽을 때까지 이 해독되지 않는 여자 요코를 진심으로 사랑한다.

마사유키의 이 사랑은 요코의 엄마를 포함한 화려한 여자들 사이에서 기이한 일로 여겨진다. 왜냐하면, 요코는 '하자 있는 물건' 쯤으로 엄마와 이모들에게 취급되었던 것이다. 요코가 두 번이나 다로와 '사랑의 일탈'을 벌였기 때문이다. 한 번은 빈 별장에 다로와 단 둘이 있다 발각되었고, 또 한 번은 벌거벗은 채 열이 펄펄 끓는 채로 또 별장에서 발견된다. 둘 다 성인이 되기 이전의 일이고, 1960년이 되기 전이다.(작가인 미즈무라 미나에는 이 시대가 '정조'를 목숨처럼 생각하던 마지막 시대였다고 적고 있다.) 화려한 세계의 여자들은 감히 '아가씨'인 요코와 그런 일을 벌인 다로를 경찰에 신고하겠다고 하는데, 요코는 발악한다. '다로 군은 하지 않으려고 했는데 내가 먼저 꼬드긴 거란 말이야!'라고 말이다.

"하자! 하자니까!"라며 열아홉 살의 요코는 다로에게 성질을 부린다. 벌거벗은 채로 말이다. 나는 이런 여자 주인공을 본 적이 없었다. 결혼하지 않는다면 하지도 않겠다고 말하는 다로에게 요코는 가난하고 세속적인 너와는 결혼할 수 없지만, 잠은 자자고 한다. "할 건 제대로 하자"고. 요코의 그 박력과 용기에 난 반해버렸다. 다로는 자자며 발악하는 요코를 거부하며 뛰쳐나가고, 다로가 다시 자기에게 돌아올 줄 알고 옷을 입지 않은 채로 성질을 부리던 요코는 사람들에게 발견된다. 어린 요코를 보고 후미코가 감지한 "어두움과 난폭함, 험상궂은 기운"이 격정으로 발현된 셈이다.

마사유키는 이 모든 것을 알면서 요코를 사랑했던 것이다. 시대가 시대였고, 세계가 세계였는데, 도련님 중의 도련님인 마사유키만이 그런 선택을 했다. 그러니, 마사유키가 얼마나 특별한 남자였는지, 마사유키의 상큼하고 우아함 모습만을 원했던 여자들은 절대 모를 것이다. 요코가 벌였던 두 번의 '일탈'에서 결정적인 일은 벌어지지 않았다는 게 나중에 밝혀지는데, '아무 일도 없었다'고 구질구질하게 어른들에게 말하지 않는 게 바로 요코다. 나는 이런 요코의 성격에도 마사유키가 반했다고 생각한다. 이런 꼿꼿한 성격은 정말 멋지니까.

이 책을 읽은 건 우연이었는데, '그저' 압도되었다. 그래서 소설의 배경인 가루이자와와 오이와케와 만페이 호텔 등을 마음속에 그리며 가본 적도 없는 그곳을 고향이라도 되는 것처럼 그리워하게 되었다. 에밀리 브론테의 『폭풍의 언덕』에서 영향을 받았고 구조와 인물 등 여러 가지 면에서 유사하다는 이유로 뒤늦게 『폭풍의 언덕』까지 읽게 되었다. 나는 이 소설에 나오는 거의 모든 인물에 애정을 갖게 되었고, 그러면서 이런 인물들을 만들어낸 미즈무라 미나에라는 작가를 연모(!)하게 되었는데, 가장 사랑하는 게 바로 이 요코다. 순수와 격정을 오가는 요코의 성질에, 성질머리라고밖에는 할 수 없는 그것에 반해버렸다.

요코를 보면서 사람의 성격이라는 게 참 재미있다고 생각했다. 난폭은 격정이 될 수도 있고, 어두움은 은밀함이 될 수도 있고, 험상궂은 기운은 용기가 될 수도 있는 것이다. 어떤 성향이 어떤 상황을 만나는지에따라 달라진다. 버티기도 하고, 폭발하기도 한다. 폭발을 제대로 할 수도 있고, 불발되기도 하는데, 어떤 폭발은 '히스테리'라고도 불리고 또 어떤 폭발은 '기개'가 되기도 하는 것이다.

요코의 히스테리와 요코의 기개 모두를 사랑한다. 이 한없이 아름다우면서도 잔인한 이 소설을 읽다 보면, 요코를 사랑할 수밖에 없다. 마사유키의 마음이 되었다가 아즈마 다로의 마음이 되기도 하면서 성질을 부리다가 폭발해서 결국 죽음에 이르는 그녀 때문에 마음이 찢어지는 것이다.

그애의 음성은 다른 아이들의 그것과
뚜렷하게 구별되었다. (…)
그렇긴 해도 꼬마 숙녀는 자신의 노래 실력을,
아니면 그냥 그 시간과 장소를
약간 지겨워하는 듯 보였다.
그애가 절 사이에 두 번인가 하품하는 것을.
나는 보았다. 숙녀다운 하품 –
입을 다물고 하는 하품 – 이었지만,
놓칠 수는 없었다.
양쪽 콧방울 때문에
그것이 드러나고 말았던 것이다.

———

J.D. 샐린저, 「에스메를 위하여, 사랑 그리고 비참함으로」

열세 살에 권태를 느낀 에스메

에스메는 요코처럼 '아가씨'다. 신분상 아가씨. 그래서 소설의 화자이자 에스메와 우연히 만난 '나'가 이름을 알려주며 그녀의 이름을 묻자 에스메는 이렇게 말한다. "내 이름은 에스메예요. 당장은 내 성과 이름을 아저씨에게 전부 말하진 않아도 된다고 생각해요. 내 이름엔 작위가 들어 있거든요. 아저씨가 그 작위에 깊은 인상을 받을지도 몰라서요. 알잖아요, 미국인들은 그래요." 내가 인용한 이 짧은 문장에 참으로 많은 것들이 드러난다. 둘은 나이 차가 꽤 난다는 것, 국적이 다르다는 것, 아저씨라고 에스메에게 불리운 '나'는 미국인이라는 것, 에스메가 보통 성격이 아니라는 것, 작위가 들어 있는 자신의 이름을 대단하게 생각하는 것 같기도 하고 하찮게 생각하는 것 같기도 하다는 것. 그리고 무엇보다 아주 귀한 무언가를 보고 있다는 느낌으로 '나'는 에스메를 보고 있다는 것.

'나'는 왜 이렇게 에스메에게 매혹되는가. 그건 소설을 조금만 읽다 보면 저절로 알게 되는데 에스메는 보기 드물게 개성 있고도 매혹적인 인간이기 때문이다. 미국인치고는 지적이라고 에스메에게 칭찬을 받는 사람답게 '나'는 에스메를 보자마자 그녀의 특별함을 단번에 알아본다. 둔한 사람이었다면 우연히 교회에 들어갔다 보게 된 어린이 성가대 연습(!)에서 에스메를 식별할 리 없다. 둔한 사람이 애초에 '우연히 교회에 들어가서' '어린이 성가대 연습'을 볼 리도 없겠지만 말이다. 그는 노래를 부르는 아이들을 보다가 한 아이를 보게 되는데, 그 아이가 에스메였다.

"귓불 근처에 오는 곧고 흰빛에 가까운 금발에, 아름다운 이마, 그리고 모르긴 해도 관람객 수를 헤아려봤을 법하다고 여겨지는, 살맛을 잃은 듯한 두 눈을 가진 열세 살쯤 먹어 보이는 아이였다. 그애의 음성은 다른 아이들의 그것과 뚜렷하게 구별되었다. (…) 그렇긴 해도 꼬마 숙녀는 자신의 노래 실력을, 아니면 그냥 그 시간과 장소를 약간 지겨워하는 듯 보였다. 그애가 절 사이에 두 번인가 하품하는 것을 나는 보았다. 숙녀다운 하품 – 입을 다물고 하는 하품 – 이었지만, 놓칠 수는 없었다. 양쪽 콧방울 때문에 그것이 드러나고 말았던 것이다." 용모가 남다르기도 했겠지만 에스메에게는 다른 아이에게는 없는 분위기가 있었던 것이다. 사는 것을 권태롭게 여기고, 자신의 노래 실력을 권태롭게 여기고, 거기서 입을 벌리며 노래하고 있는 것을 권태롭게 여기는 에스메…

권태라면, 나도 좀 안다. 나는 에스메처럼 귀족 아가씨도 아니고, 음정과 박자를 구분하지 못 하고, 저 정도로까지 지적이지는 않았던 듯한데 뭔가를 상당히 지긋지긋해하며 어린시절을 보냈다. 내 경우에는 '하기 싫은 건 하기 싫다' 같은 유치한 감정이라고도 할 수 있는데, 의미를 찾을 수 없는 일들을 정말 할 수 없었던 것이다. 주로 몸을 쓰는 일들과 관련되었는데, 공기나 고무줄 놀이 같은 사교활동도 그랬고 달리기나 뜀틀 넘기 같은 운동도 그랬다. 나는 정신적인 문제라고밖에는 말할 수 없는 이유로 그런 일들을 할 수가 없었다. 그래서 워낙 맨 뒤에서 달리기도 했지만 그러다 갑자기 멈추었다. 걷는다거나 뜀틀을 넘기 위해 달려가다가 도움닫기판 앞에서 멈추어버린다든가, 그래서 웃음거리가 되어버린다든가 하는 일들이 꽤나 많았다.

나는 "행복한 기분일 때에는 언제라도 착한 사람이 될 수 있다. 그러나 착한 사람이 된다고 해서 항상 행복한 것은 아니다"라는 오스카 와일드의 말을 좋아하는데, 에스메에 대해 생각할 때면 오스카 와일드의 이 말이 떠오른다. 그건 에스메가 행복한 기분이 아님에도 상냥함을 잃지 않으려고 하는 소녀이기 때문이다. 또 항상 행복하게 사는 게 인생의 목표도 아니고 인간이란 그렇게 살 수 있는 존재가 아니라는 것을 아는 성숙한 인간이기 때문이다. 나는 궁금한 것이다. 어떻게 권태로우면서 동시에 상냥할 수 있지?

'나'가 카페에 혼자 앉아 있을 때 에스메가 그에게 다가와 이렇게 말했던 것이다. "내가 여기 온 건 순전히 아저씨가 극도로 외로워 보였기 때문이에요. 아저씨는 지극히 예민한 얼굴을 갖고 있어요"라고. 그렇게 미국인인 '나'는 전쟁 중에 파병된 영국 데번에서 가정교사와 함께 다니는 아마 영국 귀족일 이 소녀를 만나게 된다. 그는 카페에 가기 전에 에스메가 성가대 연습을 하는 걸 보았고, 자기를 보던 사람이 있다는 것을 알고 있던 에스메는 카페에서 그 남자를 만나자 먼저 다가갔던 것이다. 다가오기 전에 눈이 먼저 마주쳤고, 에스메 일행(정확히는 에스메를)을 보고 있던 '나'에게 조용하고 기품 있는 미소를 지은 후 에스메는 '나'에게로 걸어온다.

요코가 아가씨를 벗어난 '탈脫 아가씨'라면 에스메는 아가씨를 넘어서려는 '초超 아가씨'랄까. 열세 살인 에스메는 예의가 바르고, 자세도 바르고, 긍지가 있고, 남의 마음을 헤아릴 줄 알고, 양친을 다 잃었음에도 슬픔을 과장하지 않고, 순진하지 않지만 냉소적인 것만도 아니다. 말도 재미있게 한다. "나는 좀더 동정심 있는 사람이 되려고 나 자신을 훈련시키는 중이에요"라고 한다거나 "난 라디오 방송에서 재즈를 불러서 돈을 무더기로 벌 거예요. 그러다가 서른 살이 되면 은퇴해서 오하이오의 목장에서 살 거예요"라고 하며 농담인지 진담인지 알 수 없는 말을 할 때 에스메는 어떤 표정을 지을지 나는 정말이지 궁금한 것이다.

내가 에스메에게서 가장 좋아하는 것은 유머 감각이다. 아마도 어머니보다 아버지를 사랑했을 것으로 보이는 에스메는 아버지에 대해 이렇게 말한다. "아버지는 무척 사랑스런 분이었어요. 정말 잘생기기도 했죠. 사람의 외양이 크게 중요한 건 아니지만, 어쨌든 아버지는 그랬어요. 아버지는 끔찍할 정도로 사물을 꿰뚫어보는 눈을 갖고 있었어요. 천성이 다정한 사람치고는 말예요." 외모에 대해 대놓고 말하는 행동에는 품위가 없다는 것을 알기 때문에 외모가 중요한 건 아니라고 말하면서 아버지의 외모를 칭찬하고, 그에 더해 아버지의 다정한 성품까지 짚고 넘어가는, 그러니까 할 말은 다 하고 보는 에스메의 이 야무지면서도 삼가는 화법에 일단 웃음이 터지는 것이다. 그리고 하나하나 되짚어 보면서 감탄하게 된다. 말은 저렇게 해야 하는 것이고, 칭찬은 저런 식으로 해야 하는 것이다. 나는 샐린저의 이 소설 「에스메를 위하여, 사랑 그리고 비참함으로」를 다시 읽을 때마다 에스메에게 감탄하고, 또 배운다.

이 소설은 성인 남자가 열세 살 소녀 에스메와 나누는 빛나고도 진귀한 만남의 기록이다. 전쟁이 아니었더라면, 그래서 미국 남자가 영국으로 파병가지 않았더라면 이 진귀한 만남은 이루어지지 않았을 것이다. 그들은 카페에서 우연히 만나 30분간 대화를 하면서 인생을 나누고, 마음을 나눈다. 그건 이 소설에서 '나'인 성인 남자가 '열세 살 소녀에게 인생이 있어?'라고 생각하지 않을뿐더러 오히려 소녀로부터 인생을 배울 자세가 되어 있는 흔치 않은 남자라서 그렇다. 그리고 그가 만난 여자가 에스메이기 때문에 그럴 수 있었다.

한 가지 더, 이 남자는 에스메와 헤어진 후 전쟁에서 망가진다. 그런 남자가 현재의 비참함을 애써 숨기며 에스메와의 빛 같았던 만남을 회상하며 쓰고 있는 글이기에 더 아득하고, 에스메는 더 귀하다.

깔끔하며 냉정하며 조금 편협하기도 하고
냉소적인 구석도 있는 이 여자,
내 품에 태연하게 몸을 기대고 있는
이 여자에 대한 생각이 머리를 가득 채웠다.

―――

F. 스콧 피츠제럴드, 『위대한 개츠비』

한 번에 담배 두 개비를 피우는 조던 베이커

소설 속에 살고 있는 여자 중에서 처음으로 멋지다고 생각한 여자는 베이커였다. 조던 베이커. 세계선수권대회 우승자인 스물다섯 살의 골프 선수.『위대한 개츠비』에 나오는 데이지의 친구이자 소설의 화자인 닉의 '여자친구 비슷한 것'이 되는 여자. 골프라는 운동이 18홀로 이루어져 있는지 모르고 '언더'와 '보기'와 '파' 같은 골프 용어를 들어보지도 못한 때였지만 골프 선수라는 직업을 가진 여자는 아주 '있어' 보였던 것이다.

'골프 선수'라는 직업은 약사나 교사 같은, 내가 자랄 때 흔히 여자들에게 권장되던 직업들과 저 멀리 떨어져 외롭게 빛나는 것 같았다. 있어 보이는 것을 좋아하는 나의 아빠가 본인의 딸에게 권장할 만한 직업이라고나 할까. 국회 출입 기자를 거쳐 정치인이 되는 것, 그리고 '여성 최초' 국회의장이 되는 것. 이게 그가 열 살이었던 본인의 딸에게 제시한 미래의 상*이었던 때가 있었다.

『위대한 개츠비』에는 이 작품의 여주인공이라고 할 수 있는 데이지가 아니라 베이커가 먼저 등장한다. 닉이 데이지가 아닌 베이커를 먼저 보기 때문이다. "두 여자 중 젊은 쪽은 처음 보는 사람이었다. 긴 의자의 맨 끝까지 몸을 쭉 뻗은 채 앉아서 꼼짝도 하지 않고 있었는데, 턱을 조금 추켜올리고 있는 모습이 마치 금방이라도 떨어질 것 같은 무언가를 턱 위에 올려놓고 균형을 잡고 있는 듯했다. 그녀는 곁눈질로 나를 쳐다보았는지도 모르겠지만 그런 내색은 전혀 하지 않았다. 사실 나는 이렇게 갑자기 들어와서 죄송하다고 얼떨결에 그녀에게 작은 소리로 사과할 뻔했다."

바로 이게 베이커의 매력이다. 자세가 꼿꼿하고, 자신감이 있고, 사근사근하지 않고, 단단하다. 나는 이런 인물들에게, 특히 이런 여성 인물들에게 매료되는 편이다. 한국 사회에서 여자들은 애교나 사랑스러움을 가지라는 식의 내면화된 교육을 받고 자라게 되는데, 내가 "왜 이렇게 애교가 없어?"라며 종종 비난받았던 사람이라서 그럴지도 모르겠다. 내가 살아가는 방식이 잘못된 게 아니라는 걸 그녀들을 통해 느꼈고, 그런 그녀들로부터 지지받는 느낌을 받았던 것이다.

어디 그뿐인가. 베이커는 햇볕에 그을린 황금빛 팔을 가졌고, 드레스를 입어도 운동복처럼 소화시키는 '스웩'을 갖췄으며, 레이스 자락을 폴폴 날리며 남자와의 사랑에 전부를 거는 데이지와 다르게 독립적이다. 그런데, 이런 장점들은 베이커가 하는 말들에 비하면 아무것도 아니다.

작은 파티에는 사생활이라고는 없기에 성대한 파티가 좋다고 말하고, 성대한 파티장에서는 "여기는 제가 있기엔 너무 점잖은 자리 같아요"라고 말한다. 그리고 이런 말들. "전 사람들이 떠나 있는 여름날 오후의 뉴욕이 참 좋아요. 뭔가 감각적인 데가 있거든요. 마치 별별 신기한 과일들이 우리 손에 떨어질 정도로 농익었다고나 할까요." 이 문장을 읽는데, 이국적인 이름과 형태를 가진 과일이 가득 든 바구니를 품에 안은 듯한 기분을 느꼈다. 스타프룻, 구아바, 패션후르츠, 람부탄, 랑삿… 이런 과일들로 하나씩 바구니를 채우는 상상을 하며 입에 가득 침이 고였던 것이다.

내가 이렇게나 베이커를 좋아한다. 그러니 '미스 베이커'라는 닉네임을 쓰는 남자에게 호감을 갖지 않기란 거의 불가능에 가까운 일이었다. 문제는, 그가 나를 아주 싫어했다는 것이다. 나의 팀장이었는데 나와 여러 가지로 맞지 않았다. 아니, 맞는 게 하나도 없었다. 팀원인 내가 맞춰야 했는데 나는 그러지 못했고, 그는 내 모든 것을 마땅찮아했다. 본인이 쓰는 '미스 베이커'라는 닉네임이 『위대한 개츠비』에 나오는 그녀라는 걸 내가 아는 것도 싫은 것 같았다. 그가 꽤나 괜찮은 사람처럼 보였기 때문에 나는 '나한테 문제가 있나?'라는 생각을 하기도 했다.

그는 내가 호감을 가질 만한 요소들로 이루어진 사람이었다. 중국어와 영어와 일본어를 잘 했고, 시인을 꿈꿨던 사람답게도 상당한 고급 한국어를 구사했으며, 사진이 취미였고, 클래식 음악 애호가(거의 억지로 끌려간 공연장에서 혼자 온 그와 마주쳤는데 우리는 서로를 못 본 척했다)였다. 게다가 글도 잘 썼다. 나는 그의 페이스북을 훔쳐보기도 했는데 작가가 아닌 사람 중에 그렇게 글을 잘 쓰는 사람은 처음이었다. 나는 그를 상사가 아니라 글로만 만났으면 좋았을 거라고 생각했다. 얼마나 글을 잘 썼는가 하면, 내 눈물을 빼고, 나를 째려보고, 나를 경멸하는 눈빛으로 보던 순간까지 모두 눈감아줄 수 있을 것만 같을 정도였다.

나는 『위대한 개츠비』를 다시 읽다가 베이커의 매력에 흠

뻑 빠졌고, 베이커를 좋아한 나머지 닉네임으로 썼던 나의 전 팀장을 떠올렸다. 그리고 그가 왜 미스 베이커를 닉네임으로 채택했는지 알 것 같았다. 그도 많이 외로운 사람이었던 것이다. 도시의 화려한 불빛을 좋아하지만 동시에 혐오하는, 그래서 자신을 포함한 모든 인간들에게 진저리를 치기도 하는 해소 안 되는 마음의 어두움이 있던 사람이었던 것이다. 그러니까 나처럼 말이다.

'역시, 뭘 좀 아시는군요'라고 그에게 말하고 싶다(말할 기회가 없겠지만, 그리고 아마 그는 이 글을 안 읽겠지만). 이 소설에서 '뭘 좀 아는' 역할은 닉 캐러웨이와 베이커가 담당하고 있다. 개츠비도, 개츠비의 애인이었던 데이지도, 데이지의 남편인 톰도 뭘 몰라도 너무 모른다. 그들의 무지를, 쾌활하기 그지없는 단순함을 이 두 남녀가 채우고 있달까.

그런데 문제는 이 '뭘 좀 아는' 남녀들이 연애를 하려고 할 때 생긴다. 둘 다 연애라는 것을 두려워하기 때문에 연애를 하지 못하고 '연애 비슷한 것'을 하게 된다. 그러면서 생길 수밖에 없는 해소되지 못한 감정들이 떠도는데… 닉은 "사랑하지는 않지만 애정이 깃든 호기심 같은 감정"으로 베이커를 대하고, 베이커가 그걸 모를 여자가 아니다. 내게도 이런 경험이 있다. 나도 닉처럼 나를 대하는 남자를 만난 적이 있었다. 나도 애정은 가지되 거리를 유지하며 의심하는 눈빛을 숨기지 않고 그를 대했었는데, 그건 아마도 '너와의 관계에서 아무것도 잃고 싶지 않다'라는 무언의 몸짓을 읽었기 때문이었을 것이다. 그가 닉이 되려 한다면 나도 베이커가 될 수밖에 없는 일이었다.

닉은 "맑고 상쾌한 아침에 골프장에서 처음 골프를 배우는 사람처럼 경쾌하게" 움직이는 그녀에게 매혹되어 "깔끔하고 냉정하며 조금 편협하기도 하고 냉소적인 구석도 있는 이 여자, 내 품에 태연하게 몸을 기대고 있는 이 여자에 대한 생각"을 하게 되는데, 결국에는 "너무 똑똑한 여자"이기도 한 그녀로부터 멀어진다. 재미있는 것은 베이커로부터 마음이 떠난 닉의 상태를 표현하는 데에도 '골프장'이 동원된다는 것이다. "보통 때에는 그녀의 목소리가 초록색 골프장의 잔디 조각이 사무실 창문으로 날아 들어오는 것처럼 상쾌하고 시원스럽게 느껴졌는데 오늘 아침에는 왠지 귀에 거슬리고 메마르게 들렸다"라며.

둘은 헤어진다. 여전히 삽화의 한 장면처럼 근사한 베이커가 다른 남자와 약혼했다고 말하는 것으로. 닉은 이런 말을 하는 여자를 영영 잃어버린 거다. "어느 모퉁이에서 만나죠. 한꺼번에 궐련 두 개비를 피우고 있는 사람이 있으면 그게 나일 거예요." 이 유머 감각!

　에스메에 이어서 베이커를 쓴 것은, 열세 살의 에스메가 성장해 직업을 가졌더라면 베이커 같은 여자가 되지 않았을까 싶었기 때문이다. 어렸을 때의 반짝거림을 온전히 지켜내지는 못했겠지만 여전히 빛나는 유머 감각을 지닌 베이커를 보면서, 나는 성인이 된 지금보다 더 풍부함으로 넘쳤을 그녀의 어린시절을 떠올렸던 것이다.

나스따시야는 아무것도 존중하지 않았다.

그 무엇보다도 그녀는 자신을 존중하지 않았다.

———

표도르 도스토옙스키, 『백치』

세상 모두에게 잔혹한 나스따시야

내가 나스따시야를 처음 본 것은 영화에서였다. 하라 세츠코 회고전을 보러 갔다가 구로자와 아키라가 감독한 영화 〈백치〉를 보게 되었던 것이다. 나는 영화를 보기 전에 시놉시스를 읽는 편이 아니라서(제목과 감독, 배우, 포스터, 스틸컷만 본다) 이 영화가 도스토옙스키의 동명 소설을 각색한 거라는 걸 몰랐다. 전에 없이 표독스럽게 연기하는 하라 세츠코를 보고 알았다. 이름은 나스따시야가 아니었지만 나스따시야라는 것을 말이다. 나는 그때까지 『백치』를 읽지 않은 상태였지만 이 영화가 도스토옙스키의 소설을 각색했다는 것과 하라 세츠코가 나스따시야라는 것을 바로 알아차렸다.

나스따시야는 절대적인 여자이기 때문이다. 절대 미모와 절대 성격. 소설에 나오는 여자 중에서 그렇게 미모가 절대적으로 아름답다고 말해지는 여자는 없다. 그보다 성격이 더 문제인데, 아주 강하고 아주 거칠며 아주 어둡다. 음습한 고산지대에서 자라며 뿌리가 아주 깊이 내린 데다 자기들끼리 엉켜 있는 희귀 식물 같달까. 꽃은 잘 안 피지만 한 번 피면 보는 사람이 눈 멀어버리고, 꽃이 핀 다음에는 식물도 시름시름 앓다가 팩 하고 죽어버리는 전설 속의 이름 모를 식물 말이다.

나는 나스따시야가 아주 안쓰러운데, 그녀가 그런 '절대 성격'을 갖추게 된 것은, 그렇게나 거칠고 표독스럽게 된 것은, 살아가기 위해서였다는 것을 알기 때문이다. 부모도 없는 환경에서 그렇게 아름다운 여자가 자신을 잃지 않으면서 살아가려면 어쩔 수 없는 일이었다는 것을 말이다. 남자들은 그녀를 좋아하지도, 사랑하지도 않는다. 나스따시야의 마음을 사기 위해 그런 비슷한 말을 속삭일지는 모르겠지만 그들이 원하는 것은 그저 '쟁취'다. 러시아 사교계의 중심인 뻬쩨르부르그에서 가장 예쁜 미인을(그러니까 러시아에서 제일 가는 미인을) 얻음으로써, 자기가 그럴 만한 '클래스'의 남자라는 것을 입증하기 위해서이다. 소설의 주인공인 백치를 뻬고는 하나같이 다 그렇다. 남자들이 그녀를 물건처럼 대하는 것을 보면 열불이 치민다.

그들이 그렇게 얻으려고 하는 나스따시야가 얼마나 아름다운가하면, 사진을 뚫고 나오는 미모라고 도스토옙스키는 말한다. "사진 속에는 정말로 보기 드문 미인의 모습이 들어 있었다. 그녀는 극히 소박하고 우아한 패션의 실크 드레스를 입고 있었다. 짙은 아맛빛으로 보이는 머리는 집 안에 있을 때처럼 수수하게 빗겨져 있고, 두 눈은 깊고 까맸으며, 이마는 사색에 잠겨 있는 듯했다. 열정적인 얼굴 표정은 오만해 보이기까지 했다. 얼굴은 여윈 편이었으며 창백한 기가 있었다."

구로자와 아키라 영화 〈백치〉에서도 주인공인 백치는 사진으로 나스따시야를 보고 얼어붙었던 것으로 기억한다. 너무 아름다운데 너무 불쌍한 여자라며 그는 눈물을 흘렸던 것 같다. 마치 아름다운 그녀가 겪었을 굴욕스러운 일들이 그의 전생처럼 갑자기 머릿속에서 펼쳐지기라도 하는 듯이.

또쯔끼로 인해 시작된 일이다. 열두 살 때 고아가 된 그녀를, 미인을 가려내는 데에 일가견이 있는 또쯔끼(당시 오십 대 중반)가 '발탁'하여 자신의 여자로 만든다. 초원의 오지에 그녀를 머물게 하고 스위스 부인을 가정교사로 초빙해 프랑스어 및 여러 학문을 4년 동안 가르친 후 교양 있는 여자가 된 그녀와 만나러 온다. 1년에 2~3개월씩 그가 오고, 그렇게 4년을 보낸다. 4년간의 밀애(?)를 위해서 4년 동안 고아 소녀에게 장학 사업을 한 이 남자는, 뻬쩨르부르그의 부유한 상류층 미인과 결혼을 하려고 드는데, 나스따시야는 그걸 두고 볼 수가 없다. 그래서 또쯔끼를 찾아가 말한다. '당신이 누구와 결혼하든 나는 상관하지 않아. 내가 당신을 찾아온 건 그저 당신의 결혼을 훼방 놓기 위해서거든.' 이런 식으로 말하며 그가 결혼을 할 수 없게 만들어버린다.

자신을 물건처럼 취급한 그를 두고 볼 수가 없기 때문이다. 그와 보냈던 4년 동안 많은 일들이 있었을 것이고, 고마움과 애정을 느끼기도 했을 것이고, 그러면서 희망과 절망이 교차하기도 했을 텐데, 또쯔끼가 그런 식으로 결혼을 하려고 하면서 자신을 짐짝처럼 여긴다는 것을 알게 된 순간 나스따시야는 모든 걸 깨달았을 것이다. 그에게 한때나마 품었던 고마움과 애정과 희망, 그리고 그런 감정을 느꼈던 자기 자신을 용납할 수 없었을 것이다. 그렇다고 그녀가 그와 결혼을 하고 싶은 건 아니다. 그런 식으로 자신을 대하고 행동하는 그를 용납할 수 없었을 뿐이다. 그러니 분노할 수밖에. 내가 나스따시야라면 이렇게 말했을 것이다. "나도 너를 갖고 싶지 않아. 하지만 너도 네가 원하는 것을 가질 수 없어. 왜냐고? 내가 싫으니까."

어떻게 해서 절세미녀인 나스따시야가 성격 파탄에 이르는가에 대해 이야기하려면 줄거리를 좀 더 이야기해야 한다. 나스따시야의 무서움을 알게 된 또쪼끼는 결혼 계획을 일단 접고, 자신 인생에서 나스따시야를 '치우려고' 또 계획을 세운다. 나는 무서울 게 없으니 너도 태우고 나도 태우고 그렇게 모든 걸 활활 태워버리겠다는 식으로, 너의 인생을 완전히 망가뜨리겠다는 식으로 이야기를 하는 나스따시야를 보면서 또쪼끼가 놀란 것만큼이나 나도 놀랐다. 저런 재능을 한 남자(그것도 시시한)를 증오하는 데만 쓰기에는 너무 아깝지 않은가! 그때 나스따시야의 박력에는, 한 나라도 움직일 수 있을 정도의 포스와 에너지가 있었기 때문이다.

나스따시야는 그렇게나 박력 있는 여자다. 그래서 나는 그녀가 자신의 인생을 함부로 대하려고 할 때마다 화가 난다. 또쪼끼의 치졸한 계획, 나스따시야를 적당한 남자와 결혼시키고 그 자신도 자유의 몸이 되어 '제2의 인생'을 구가하고자 하는 수작질을 나스따시야가 묵인하는 일이라든가, 또 자신이 거래의 대상이 되었다는 사실을 용인하고 제 결혼 상대가 된 남자와 잘해보려는 마음을 먹는다든가 하는 일들

말이다. 『백치』에서는 이 잘난 그녀가 이런 이해할 수 없는 일들을 반복하는데, 이런 걸 읽고 있으면 현기증이 난다. 작가는 그런 나스따시야에 대해 이렇게 적고 있다. "그녀의 이글거리는 눈 속에선 아주 엉뚱한 것을 품고 있다는 것이었다. 나스따시야는 아무것도 존중하지 않았다. 그 무엇보다도 그녀는 자신을 존중하지 않았다."

『위대한 개츠비』의 조던 베이커와 나스따시야는 여러 가지로 비슷하다. 내가 심리 전문가는 아니지만, 둘은 같은 성격 유형으로 보인다. 극단적으로 말해 나스따시야는 성격 파괴형 조던 베이커라고 할 수 있다. 윤리나 도덕은 그다지 중요하지 않은 조던 베이커를 극단적으로 만들면 나스따시야가 된다. 자기주장이 강한 주인공의 극단적인 사례랄까. 흥미로운 것은, 자기주장이 강한 이들은 흔히 자기주장으로 얻고자 하는 게 분명한 목적지향형 인물이지만 나스따시야는 딱히 원하는 게 없다. 그저 자신이 하기 싫은 건 하지 않기 위해서, 하고 싶은 것도 하지 않기 위해서 내달리는 것만 원한다. 그저 자신이 힘을 갖고 있는 존재라는 것을 확인하기만 하면 된다는 듯이. 나스따시야는 힘없는 자신을 견딜 수 없는 것이다…

나는 조던 베이커가 나스따시야 같은 인생 역정을 겪었더라면 나스따시야처럼 되었을 거라고 생각한다. 반대로, 나스따시야에게 조던 베이커가 얻었던 제대로 된 기회 같은 게 있었더라면 조던 베이커처럼 자기 이름을 걸고 세상과 승부하는 여자가 되었을 거라고 생각한다. 두 여자는 비슷하다. 애교나 사랑스러움으로 임하지 않고, 자신감이 있고, 사근사근하지 않고, 단단하다. 남자에게 속박되지 않고 자기 자신인 채로 살고 싶어 한다. 또 자존심이 상당하다.

다른 것은 자존감이다. 베이커가 자존감도 높고 자존심도 있다면, 나스따시야는 자존감이 거의 바닥이라고 할 수 있다. 그래서, '상처받은 여자'인 나스따시야는 자존심을 세우는 것으로 자신의 망가진 인생과 망가진 자존감을 회복하려고 한다. 하지만 우리는 이미 잘 알고 있지 않나. 그러면 그럴수록 자존감은 더 없어지고, 자존심은 망가지고, 자신감은 사라진다는 것을. 나는 상냥할 수 있을 때의 나를, 그 누구보다 힘 있는 사람이라고 느낀다.

"그에게 무엇이 부족한가? 친구와 돈?
그렇다면 내가 그에게 그것을 주겠다."

———

스탕달, 『적과 흑』

죽을 때까지 왕녀인 마틸드

생각해보면, 내가 가장 좋아했던 이야기는 왕녀 이야기였다. 공주가 아니라 왕녀. 공주는 왕이 있어야만 공주로 살 수 있는 나약한 존재로 여겨졌다면 왕녀는 혼자서도 꼿꼿이 설 수 있는 독립적인 풍모를 지녔다고 생각되어서다. '왕녀'라는 단어의 느낌을 난 그렇게 받아들였다. 모든 왕녀가 그런 것은 아니겠으나 내가 좋아했던 왕녀들은, 그랬다. 왕녀는, 누군가에게 '발탁당하지' 않고 누군가를 '발탁'한다. 드넓은 왕국을 잃어도, 남편이나 아버지로부터 쫓겨나도, 그래서 일상이 불편해지더라도 죽을 때까지 왕녀인 여자들 말이다. 왕녀로 태어나서 왕녀가 된 게 아니라 왕녀로 태어날 수밖에 없는 여자들, 나는 그런 여자들을 사랑했다.

마틸드는 내가 가장 사랑한 '왕녀'였다. 왕의 부인도 아니고, 여왕도 아니지만 여왕의 풍모를 지닌 여자다. 왕자한테 청혼받는다고 해도 크게 기뻐할 것 같지 않은 여자. 신분이나 재산, 명성, 지위는 그녀에게도 있고 그녀는 그걸 그리 대단하게 생각하지 않기 때문이다. 그런 걸 대단하게 생각하는 주변의 사람들을 경멸하는 게 마틸드다. 마틸드의 아버지 드라 몰 후작은 딸을 '공작'의 지위로 치장해주고 싶어 하고, 마틸드는 실제로도 공작 작위를 물려받게 될 남자와의 결혼을 앞두고 있지만 시큰둥하다. 그 세계가 지루하기 때문이다. 고만고만하기 때문이다. 어떤 것도 권태를 사라지게 할 수 없기 때문이다.

지금 누리는 것들, 하녀와 몸치장과 돈과 신분을 버릴 수도 있다고 생각한다. 이런 부분은 『백치』의 나스따시야와 비슷하기도 하다. 나스따시야는 뻬쩨르부르그에서 귀족적인 삶을 누리고 있지만 언제든 그걸 버리고 떠날 수 있다. 하지만 나스따시야는 귀족이 아니다. 마틸드는 대귀족인 드라 몰 후작의 외동딸이다.

『적과 흑』의 서술자에 따르면, 마틸드는, 파리에서 가장 많이 가진 여자 중 하나다. 그런데도 마틸드는 불행하다. 명성과 재산과 젊음과 미모를 신으로부터 받았다는 걸 아는 마틸드는 감사하지 않는다. '행복을 빼고는 모든 것을 주었구나'라며 우울해한다. 그랬으니, 쥘리엥은 마틸드가 마음에 들지 않았을 거다. 자신은 어떻게든 얻으려는 그 모든 것들을 갖고 태어났으면서 그렇게 시큰둥한 여자라니.

"그는 그녀가 조금도 마음에 들지 않았다. 그렇지만 그녀를 주의 깊게 바라보니, 그처럼 아름다운 눈을 가진 여자는 일찍이 본 적이 없는 듯했다. 하지만 그 눈은 쌀쌀한 마음을 나타내 보이고 있었다. 쥘리엥은 그 눈이 모든 것을 살피면서, 동시에 위엄을 보여야 한다는 것을 잊지 않고 있는 권태의 표정을 띠고 있음을 알았다." 얼마 지나지 않아 그녀를 열렬하게 사랑하게 되는 쥘리엥의 눈에 비친 마틸드의 모습이다. 조금도 마음에 들지 않는 여자를 주의 깊게 바라보는 남자도 있을까? 그렇다면 쥘리엥은 거짓말을 하고 있는 걸까? 그렇지 않다고 생각한다. 아직 자신의 마음에 대해 모르는 것이다. 안다고 해도 아직은 말하고 싶지 않거나.

내가 인용한 바로 앞의 문장을 읽을 때는 행간을 읽어야 한다. 마틸드에 대해 쥘리엥이 하는 말을 곧이곧대로 믿지 말아야 한다. 하지 않은 말이 무엇인지, 그 말을 왜 하지 않았는지 생각해야 한다. 나는 나를 이렇게, 이런저런 생각이 들게 만드는 책을 좋아하는데 『적과 흑』이 그랬다. 그래서 이 책을 처음 읽다가 밤을 새웠고, 다음 날 수업에도 가지 않고 2권을 마저 읽었었다. 『적과 흑』을 다시 읽는데 스무 살의 나를 뜨겁게 하던, 내 몸과 머리를 찌릿찌릿하게 하던 그 불꽃이 다시 이는 걸 느꼈다.

떠올랐다. 쥘리엥이 그런 것처럼 어딘지 모르게 나를 신경 쓰이게 하는 사람을 만났던 일들을. 상대가 남자였던 적도 있고 여자였던 적도 있는데, 나도 모르게 자꾸 그쪽을 보게 되었다. 쇼팽의 〈프렐류드 7번〉을 연주하는 모습을 보고 반했던 P, 나는 그의 손가락을 훔쳐보았다. 웃을 때면 눈과 입이 얼굴 밖으로까지 퍼져나가는 듯한 K의 얼굴이 좋아 그녀를 훔쳐보다가 아무도 없을 때 그녀에게 다가갔다. 그랬었다. 내가 끌렸던, 그래서 자꾸 볼 수밖에 없었던 이들을 떠올리며 쥘리엥의 마음에 대해 생각했다. 갖고 싶은데 내가 갖지 못한 것, 그것들을 소유한 이들에게 끌리는 초조한 마음에 대해서 말이다.

파리에서 가장 놀라운 것은 바로 세련된 여자라고 스탕달은 쓰고 있다. 쥘리엥의 입을 빌려 이렇게. "사람들 말에 의하면, 일류 사교계에 섞이게 된 총명한 시골뜨기에게 가장 놀라운 것은 상류 사회의 아름다운 여인"이라고. 바로 그 여자가 마틸드인 것이다. 쥘리엥은 마틸드의 반짝거리는 눈을 표현할 말을 찾다가 "보석의 광채처럼 반짝거리는 눈"이라는 단어를 찾아내기도 하는데, 그건 그거고, 쥘리엥은 마틸드가 불편하다. "저 여자는 모든 유행을 과장한단 말이야. 드레스는 어깨 밑으로 늘어뜨리고 (…) 저 인사하는 태도며 눈초리의 거만함이라니! 여왕이나 된 듯한 거동이군!" 처음 읽었을 때도, 다시 읽은 지금도 나는 이 부분이 좋다. 이렇게 간단하고도 명확하게, 마틸드와 쥘리엥에 대해 표현하는 스탕달의 세련됨이 좋다.

마틸드의 독보적인 세련됨은 어디서 오는가. 정신에서 나온다. 누구보다도 개성적인 성격의 그녀는 드 라 몰 후작 집 안의 분위기를 움직이고, (자신의 정신적 직계라고 생각하는) 단두대에서 목이 잘린 200년 전의 조상의 기일에 혼자 상복을 입고, 귀족이면서 자신의 세계를 전복하려는 이들의 정신에 동조하고, 귀족들은 끔찍하게 여기는 볼테르의 책들을 숨겨가며 읽는다. 또 마틸드는 사랑을 원한다. 그저 그런 시시한 사랑이 아니라 진짜 사랑 말이다. 목숨을 걸고 하는, 자신의 모든 것을 바쳐서 하는 그런 영웅적 사랑을. 나는 이런 오연한 기개가 마틸드의 눈을 보석처럼 반짝이게 해준다고 생각한다. 쥘리엥은 얼마 지나지 않아 마틸드가 파리에서 가장 독보적인 여자라는 걸 알게 된다. 그러고는 깨닫는다. "지금 상대하고 있는 사람은 파리의 여자들 중에서도 가장 탁월하고 가장 섬세한 여자다."

둘은 사랑하기에 이른다. 쥘리엥과 마틸드가 사랑하는 이유는 서로 다르며, 이들의 관계는 뜨거웠다 냉담했다 뜨거웠다를 반복한다. 기질적으로 냉담자인 이 남녀가 비슷해서 그렇다. 둘 다 상대가 달아오르면 마음이 식어버리는 기질을 갖고 있기 때문이다. 마틸드가 자신처럼 상대가 뜨거워지면 급격히 식는다는 걸 알게 된 쥘리엥은 마틸드를 사랑하면서 사랑하는 척하지 않기 위해 애쓴다. 결국 그런 투쟁을 통해 쥘리엥은 승리한다. 마틸드가 이렇게 선언하기에 이르기 때문이다. "그에게 무엇이 부족한가? 친구와 돈? 그렇다면 내가 그에게 그것을 주겠다." 쥘리엥보다 많이 가진 자신이 쥘리엥에게 모든 걸 주겠다는 거다. 신분과 직위까지도.

맞다. 마틸드는 그런 여자다. 단지 미모가 출중해서, 몸매가 우아해서, 신분이 높아서, 복색이 화려해서 마틸드가 빛나는 건 아니다. '왕녀'라서다.

어머나! 내가 사랑을 하다니! 그녀는 혼자 생각했다.

결혼한 여자인 내가 사랑에 빠지다니!

그러나 잠시도 쥘리앵을 생각하지 않고는

견딜 수 없는 이런 암담한 열정을

내 남편에게는 한번도 느낀 적이 없는걸.

스탕달, 『적과 흑』

서른에 사랑을 처음 배운 레날 부인

'스탕달 신드롬'이라는 말에 대해 종종 생각한다. 스탕달 때문에 생긴 증후군이 아니라 스탕달이 겪은 증후군을 가리키는 이 말은, 스탕달이 미술 작품을 보고 거의 발작적인 경험을 한 것을 말한다. 얼마나 감정이 과했으면 미술 작품을 보고 쓰러졌나 싶었는데, 『적과 흑』을 다시 읽으면서 생각했다. 과장이 아닐 거라고. 스탕달은 내가 아는 사람 중에서 가장 감정이 풍부한 사람이 아닐까 싶은데, 이 감정을 독자에게 고스란히 전하는 엄청난 재능이 있다. '재능'이라는 단어를 잘 쓰지 않는 편인 내가 '엄청난'이라는 최상급 너머의 수식어를 붙이는 것은 나 역시 스탕달 신드롬을 겪었기 때문이다.

스탕달처럼 이탈리아에서 미술 작품을 보고 그런 건 아니다. 스탕달을 처음 읽었을 때였다. 잠이 안 와서 집었다가 밤을 새웠고(원래는 밤을 새지 못하는 체질이다. 11시만 되면 눈이 감기는…), 다음 날 수업에도 가지 않았다는 이야기를 앞 장에서 잠시 썼는데, 그 이상이었다… 심장이 뛰다가, 눈물이 났고, 아니 눈물이 난 게 먼저인지도 모르겠는데, 어쨌거나 어느 순간부터 펑펑 울면서 이 책을 읽고 있었다. 그러니 수업에는 갈 수 없었고, 며칠을 먹지 못했다. 스탕달 신드롬이었다.

그후로도 오랫동안 『적과 흑』에 빠져 살았다. 책을 손에서 놓았는데도 쥘리엥과 마틸드, 그리고 레날 부인의 잔상이 한참이나 내 주위를 감돌았다. 나의 어떤 부분은 쥘리엥이었고, 어떤 부분은 마틸드였으며, 또 어떤 부분은 레날 부인이었던 것이다. 그래서 나는 쥘리엥과, 마틸드, 레날 부인이 나오는 대목을 읽을 때마다 '이건 나잖아!'라며 진하게 밑줄을 그었다. 그들은 내 전부였고, 내 전부는 그들이었다… 스탕달 신드롬을 호되게 앓았었다.

왜 그렇게도 쥘리엥이 매력적인지에 대해 마틸드는 아마 이렇게 말했을 것이다. 정력이 다한 시대에 여전히 정력적인 남자가 쥘리엥이라고. 이 말을 듣는 순간, 나는 숨을 멈췄다. 그러고는 마치 쥘리엥이 내 앞에 있기라도 한 듯이 허공을 한참이나 바라보았다. 생의 활기가 주는 뜨거움을 아는 사람이라면 쥘리엥에게 반하지 않기란 불가능하다고 생각했다. 안나 카레니나가 자신의 생기를 내뿜어 온 세상이 손잡고 마티스의 그림처럼 윤무輪舞하게 하듯이 쥘리엥의 정력적인 눈빛은 심장이 어떻게 뛰는지 몰랐던 사람들마저 변하게 한다고 말이다. 하물며, 상상력이 풍부한데 순진하기까지 한 여자라면 어찌할 도리가 없는 것이다. 그러니까 레날 부인 말이다.

"사람들의 시선에서 멀리 떨어져 있을 때면 그녀에게 자연스럽게 떠오르는 활력과 매력에 찬" 여자, 레날 부인은 쥘리엥을 처음 보고 남자로 변장한 여자라고 생각한다. 쥘리엥이 미소년이라고는 해도 그렇게 생각한 것은 레날 부인이 공상적인 데가 있기 때문이다. 나도 이런 말도 안 되는 공상에 빠지는 편이고, 경계가 느슨한 날은 그런 공상을 입 밖으로 옮기기까지 하는 사람이라 레날 부인에게 즉각적으로 동화되었다.

그리고 바로 위에 내가 인용한 문장에서 드러나듯이 레날 부인은 평소에는 시장 부인으로서 위엄을 지키려 하지만 혼자 있을 때는 그렇지 않다. 사람들과 떨어져 혼자가 되면 레날 부인의 매력이 수면 위로 떠오르는 것이다. 그 활력과 매력, 평소에는 억눌려 발산되지 못하는 그것들이 엉뚱한 공상과 어우러지면 어떤 일이 발생하는지, 게다가 새로운 환경(쥘리엥)으로부터 자극받으면 어떻게 되는지, 이 소설을 읽으면 알게 된다. 그리고 억눌린지도 몰랐던 나의 감정이나 행동이 누군가를 만나서 해방되었을 때의 일, 그 엄청나게 짜릿하고도 '진짜로 살고 있어!'라고 생각하던 순간에 대해 추억하게 되는 것이다.

레날 부인은 억눌린 여자였다. 스스로 자신의 이성과 감정을 통제해왔다. "드 레날 부인은 처음 알게 되는 보름 동안은 누구나 바보로 여기기 십상인 그런 시골 여인 가운데 하나였다. 그녀는 아무런 인생 경험도 없었고 굳이 남들과 얘기하려 하지도 않았다. 섬세하고 오연傲然한 영혼을 타고난 부인은 우연히 자신이 그 속에 섞여 들게 된 상스러운 사람들의 언동에는 대체로 무관심했는데, 그것은 만인에게 공통된 행복에 대한 본능에서 말미암은 것이다." 바보가 아니라 영리하기 때문에 사람들의 언동에 관심을 기울이지 않았던 그녀를 스탕달은 이렇게 표현한다. "오랜 세월이 흐른 후에도 드 레날 부인은 돈만 아는 그런 사람들에게 아직 익숙해질 수 없었다. 하지만 부인은 그들 가운데서 살아야 했다." 그러니 한쪽 귀는 닫고, 자기가 보고 싶은 것만 보면서 살 수밖에 없었던 것이다.

그리고 충분히 개발되지 못한 여자였다. "그녀가 조금만 교육을 받았더라면 그 자연스럽고 생기발랄한 정신은 세인의 주목을 끌었으리라. 드 레날 부인은 수녀원에서 배웠던 것을 모두 불합리한 것으로 여기고 곧 망각해버릴 만큼 분별을 지니고 있었다. 그러나 그녀는 그 자리를 어떤 것으로도 채우지 않았기 때문에, 결국 아는 것이라고는 아무것도 없었다." 수녀원에서 받았던 교육을 지워버릴 만큼 스스로를 여닫는 데 능했던 레날 부인은 자신이 얼마나 고귀한 감정에 움직이는지는 미처 몰랐다. 그러니 쥘리엥의 고상하고 기개 있는 영혼에 어쩔 수 없이 묶여버리게 되리란 것 또한 몰랐을 것이다. 그리고 그런 사람과의 교류가 얼마나 인생을, 한 순간을, 반짝반짝 빛나게 해주는지도. "이 고상하고도 자존심 강한 영혼과의 교감 속에서 그녀는 새로움이 갖는 매력의 감미롭고 찬란한 기쁨을 발견했던 것이다."

레날 부인에게 쥘리엥이란 남자는 단지 열정과 사랑의 대상만이 아니라 세상을 투과하는 프리즘이었던 것으로 보인다. 쥘리엥의 눈빛, 그리고 얼굴 근육이 만들어내는 표정을 통해서 레날 부인은 세상을, 감정을, 사랑을 학습한다. "그의 눈은 몹시 아름다운 데다가 너무도 강렬한 영혼을 드러내 보이고 있어서, 훌륭한 배우와도 같이 때때로 무의미한 것에도 매력적인 의미를 부여해주었다."

게다가 쥘리엥은 신부神父보다도 라틴어에 능통해서 레날 부인네 가정교사로 모셔온 사람답게 지적이다. 지적인 사람과 그가 하는 말이 마음을 얼마나 즐겁게 하는지 우리는 알지 않나? 레날 부인도 그 세계로 빨려들어간다. "집에 드나드는 친구들이 새롭고 빛나는 생각으로 그녀를 즐겁게 해준 적이 없었기 때문에 드 레날 부인은 쥘리엥의 지성의 섬광을 감미롭게 즐기고 있었다."

이런 감정의 교육들이, 당시 소설의 기능이었다며 스탕달은 이렇게 적고 있다. "파리에서는 사랑이란 소설의 소산이라고 할 수 있다. (…) 소설이 그들에게 해야 할 역할을 그려 보이고 모방할 모델을 제시해 보였을 것이다. (…) 소설 속에서 행동의 본보기를 취할 생각이라고는 하지도 않는 정말로 현숙한 삼십 세의 여인을 매일 만나고 있는 것이다." 그런데, 소설을 충분히 읽지 않은, 게다가 파리가 아닌 시골에 사는 레날 부인은, 쥘리엥을, 그리고 사랑을 제대로 감당하지 못한다. 스탕달이 그런 레날 부인에 대해 쓴 이 문장은 정말이지 아프다. "좀 더 세련된 지방에 사는 삼십 대 여자라면 오래전부터 갖고 있을 처세술을 그녀가 조금만 알았더라도, 놀라움과 자존심의 도취가 지속되는 동안만 살아 있는 듯이 보이는 사랑이 오래가지 않을 것임을 짐작하고 몸서리쳤을 것이다."

그러면, 마담 보바리는? 마담 보바리는 소설 속에서 학습한 사랑과 열정을 현실의 세계로 옮겨 실천한 여자였다. 인생은 알고도 속고, 모르고도 속는 것. 어떻게든 내 맘대로 잘 안 되는 것. 바로 이런 걸 쓰는 게 소설이다. 옳고 그름이 아니라 선의나 악의에 관계없이 제멋대로 굴러가기도 하는 그 비정하고 놀라운 세계! 나는 소설이 다루는 세계가 그래서 좋고, 소설에 나오는 인물에 그래서 매혹된다.

그녀는 혼자말을 되풀이했다.

'내게 애인이 생긴 거야! 애인이!'

이렇게 생각하자 마치 갑작스레

또 한번의 사춘기를 맞이한 것처럼 기쁨이 솟구쳤다.

———

귀스타브 플로베르, 『마담 보바리』

'격' 있는 사랑을 하고 싶었던 보바리 부인

보바리 부인은 책을 너무 많이 읽어서 잘못된 여자라고도 할 수 있다. 내가 아는 어떤 사람은 말했던 것이다. 책을 많이 읽으면 '사람을 버린다'고. 『마담 보바리』에도 그런 사람이 나와서 책을 읽지 못하게 보바리 부인을 말린다. "소설책이나 돼먹지 않은 책들, 종교를 거역하고 볼테르의 말을 빌려서 신부님들을 조롱하는 따위를 읽는 것 말이지. 하지만 그러다가 아주 크게 잘못될 수가 있단다, 얘야"라고.

이렇게 말하는 사람 또한 보바리 부인이다. 그러니까 다른 보바리 부인. 보바리 부인의 시어머니다. 소설책은 물론, 볼테르를 좋아하는 나는 보바리 부인의 시어머니가 하는 말을 흘려들을 수가 없다. 그녀의 관점에서 보면 나도 '신세를 망친 사람' 중의 하난데, 정말이지 소설책과 볼테르는 위험하다는 생각이 든다. 거기에는 내가 살고 있는 일상과 세계를 아주 시시하게 만들고 마는 엄청난 힘이 있기 때문이다.

그래서 어린 시절의 나는 애착인형을 들고 다니는 아이처럼 어딜 가도 책을 들고 다녔는데, 그건 내가 책을 읽건 읽지 않건 거기에서 나오는 물리적인 에너지를 느꼈기 때문이다. 나는 스스로를 고아나 다름없는, 마음 둘 데 없는 불쌍한 처지라고 여겼고, 책만이 나를 지켜줄 수 있다고 생각했었다. 또, 책은 집과 유치원이라는 아주 단순하고 지루한 세계를 오가던 나를 거인처럼 훌쩍 안아 매력적인 세계로 데려다놓기도 했던 것이다. 나는 보바리 부인도 그래서 책을 읽었을 거라고 생각한다. 시골과 소도시의 삶은 너무도 시시한 것이다.

"왜 이렇게 순진해?" 종종 내가 듣는 말이다. 책을 좋아하는 보바리 부인도 꽤나 순진해서 책에서 본 일들이 자기에게도 일어나리라고 생각한다. 나는 바로 앞 장에서 보바리 부인에 대해 이렇게 말했다. 소설 속에서 학습한 사랑과 열정을 현실의 세계로 옮겨 실천한 여자라고. 보바리 부인이 책에서 배우고 동경한 것은 권태롭고 나른한 세계의 연애였다. 어쩌면 그녀는 연애보다는 '권태롭고 나른한 세계'를 꿈꿨는지 모르겠다고 나는 『마담 보바리』를 다시 읽으며 생각한다. 거기에는 노동과 의무가 없고, 낭비와 유희만이 있기 때문이다.

"대사大使들이 속한 세계의 사람들은 벽면이 거울로 된 살롱 안에서 황금빛 술 달린 우단을 씌운 타원형 테이블 주위로 번쩍거리는 마룻바닥 위를 걸어 다닌다. 거기에는 자락이 길게 끌리는 의상, 엄청난 신비, 미소 속에 숨겨진 고뇌 따위가 있었다. (…) 그곳 사람들은 안색이 창백하다. 오후 네시에야 잠자리에서 일어난다. 가련한 천사인 부인들은 영국식 레이스로 장식된 속치마를 입고 남자들은 하찮은 외양 속에 세상이 알아주지 않는 능력을 숨긴 채 말이 지쳐 빠질 때까지 승마 놀이로 지새우고 (…) 결국 마흔 살이 다 되어서야 돈 많은 상속녀와 결혼한다."

이게 그녀가 꿈꾸는 세계였다. 엠마 루오였던 그녀는 결혼해서 엠마 보바리가 된다. 농가의 딸로 태어나 보바리라는 성을 가진 의사와 결혼해서 '보바리 부인'이 되었으니 신분 상승을 한 거라고도 할 수 있겠지만, 그녀로서는 성이 차지 않는다. 그녀가 책에서 보고, 동경하고, 상상해오던 세계와 자신의 삶은 너무도 다르기 때문이다. 엠마의 남편 샤를 보바리는 엠마를 거의 머리부터 발끝까지 사랑하지만 말이다. 그는 처음에는 그녀의 손톱이 너무 뽀얗고 윤기가 나는 데 놀라고, 머리카락을 쓸어올리는 몸짓 같은 엠마가 하는 하나 하나의 몸짓에 계속해서 반한다. "샤를르는 그러한 우아한 것들에 무지하기 때문에 한층 더 그 매력에 끌렸다. 그런 것들은 그의 감각적 쾌락과 가정의 즐거움에 무엇인가를 덧붙여주는 것이었다." 엠마는 그와 알던 여자들과는 너무도 다른 것이다.

그럴수록 그녀는 점점 남편인 샤를이 견디기 힘들어진다. 볼품없고 나이 들어 보이는 외모, 밥 먹을 때 쩝쩝대는 소리, 게다가 야심 없음… 책을 읽으면 읽을수록, 그 세계에 나오는 귀공자와 우아한 매너에 대해서 상상하면 상상할수록 남편은 꼴도 보기 싫다. 특히 후작 집안의 무도회에 초대받은 날 엠마는 더 날카로워져 남편이 다가오자 이렇게 소리 지른다. "왜 이래요, 주름이 가잖아요!" 엠마가 그러는 이유는 그가 우아한 것들에 무지하기 때문. 바로 샤를르가 엠마를 사랑하는 그 이유로, 엠마는 샤를르가 견딜 수 없다. 엠마는 그런 남자의 사랑은 필요하지 않다.

이 부분은 우리에게 인생에 대해 많은 것을 알려준다. 상대성의 원리랄까. 누군가가 똑똑해서 좋다면 그는 내가 무식

해서 싫을 수 있고, 누군가가 돈이 많아서 좋다면 그는 내가 돈이 없어서 싫을 수 있다. 또, 누군가가 똑똑하다는 것은 내 생각일 뿐이다. 다른 누군가가 보면 그 사람은 전혀 그렇게 보이지 않을 수 있다. 두 가지 이유에서 그러하다. 그 사람 눈에는 그게 전혀 보이지 않을 수도 있고, 그 사람의 기준에 못 미칠 수도 있다.

보바리 부인에게 사랑이란 귀족적인 것이었다. 귀족의 삶이란 섬세하고 우아한 것은 물론이고 한없이 권태롭고 한가로워야 한다. 엠마는 본격적인 연애를 하기 전, 사랑의 영역이 아닌 일상에서도 이렇게 귀족적으로 살고 싶어 했다. 이를테면, 뻣뻣하고 태만한 하녀를 해고하고 새 하녀를 들이면서 엠마가 건 조건을 보자. 무명 모자를 쓰지 말 것, 물컵은 접시에 받쳐서 가져올 것, 방에 들어오기 전에는 노크를 할 것, 엠마의 옷을 입혀줄 것 등등. 모든 조항은 '엠마를 예우해줄 것'의 확장판이라고 할 수 있다. 나는 '옷을 입혀줄 것'보다 '무명 모자를 쓰지 말 것'이라는 조항이 흥미로웠는데, 귀족의 하녀라면 무명 모자를 쓰지 않을 것이기 때문에 아마 엠마는 무명 모자를 금지했을 것이다.

나는 그녀의 어떤 밀회 장면보다도 이 문장이 그녀, 보바리 부인을 말해준다고 생각한다. "달빛 아래서의 한숨, 긴 포옹, 내맡긴 손에 떨어지는 눈물, 육체의 뜨거운 흥분과 우수에 젖은 애정 같은 모든 것은 한가로움으로 가득한 거대한 성관의 발코니, 두꺼운 융단이 깔리고 가득한 꽃 바구니, 단위에 침대가 놓이고 비단 장막이 드리워진 규방과 떼어놓고 생각할 수 없는 것이고 거기에다 보석의 광채와 하인들이 입은 제복의 장식끈의 빛을 빼놓고 생각할 수 없는 것이었다." 그녀는 그런 사람인 것이다. 사랑보다도, 연애보다도, 그것들에 따라오는 디테일들, 책에서 귀족들의 사랑에 묘사되곤 하던 디테일들을 소유하고 싶었던 것이다.

보바리 부인은 사랑의 디테일에 매혹된 여자였다. 격 있는 삶, 격 있는 연애, 격 있는 사랑을 꿈꿨다. 그래서 그 세계의 삶을 소유하기 위해 보바리 부인은 연애에 빠진다. 또 연애를 지탱하고 유지하기 위해, 무엇보다도 자신의 기분을 고양시키기 위해 옷과 장신구를 사들인다. 그렇게 빚이 쌓여만 간다. 순진한 그녀를 이용해 고리대금업자들은 하나씩 저당을 잡는데, 더 이상 그녀가 손 쓸 수 없는 지경에 이르자 보바리 부인은 죽음을 선택했던 것이다. 귀족이 아니면서 귀족처럼 살며 연애하고 싶었으니 빚을 질 수밖에 없었고, 파산할 수밖에 없었다. 그녀가 죽자 온갖 빚쟁이들이 몰려오는데, 도서대여점도 3년 치 구독료를 청구했다.

섹스, 당연하다.

그것도 멋진 섹스. 하지만 형이상학이 가미된 섹스다.

자만하지 않으면서 엄숙함을 지닌 남자와의

형이상학이 가미된 섹스.

쿤데라 같은 사람. 그게 원래 계획인 것이다.

———

필립 로스, 『휴먼 스테인』

세상으로부터 버림받은 델핀 루

델핀 루는 『휴먼 스테인』 안에서 내내 딜레마에 시달리는 인물이다. 그녀의 인생에서 그렇지 않은 시기를 보냈을 수도 있지만 『휴먼 스테인』 안에서의 델핀 루는 그러하다. 그녀는 충분히 많은 것을 가진 여자다. 레날 부인에게 없는 세련된 처세술을 지닌 "좀 더 세련된 지방에서 사는" 파리 여자인 것이다. 지금은 미국에 살고 있긴 하지만 그녀는 이십대의 파리(에서 태어난) 여자다. 귀족과 실업가인 부모, 고급 주거지인 16구에서 성장, 파리고등사범학교와 미국 예일대에서 수학, 거기에 남다른 미모에 세련된 감각, 풍부한 세상 경험과 문학적 이해력까지.

어쩌면 바로 이 '문학적 이해력'이 문제일 수 있다. 문학과 작가를 좋아한 나머지 "쿤데라 병" 환자로 자신을 지칭할 정도니 말이다. 밀란 쿤데라다. 델핀 루는 파리에서 밀란 쿤데라의 강연회에 갔다 한 남자를 만난다. 둘은 거기서 쿤데라의 『마담 보바리』에 대한 견해를 듣게 된 데서 행복감을 느끼고, 한동안 그 잔상에 취해 지낸다. 델핀 루는 자신의 증상에 대해 이렇게 말한다. "쿤데라 병"에 감염되었다고. 밀란 쿤데라에게 열광하는 스스로를 "쿤데라 병"에 걸렸다고 진단했던 것이다.

나는 필립 로스의 소설 『휴먼 스테인』에 나오는 이 부분을 좋아하는데, 그게 어떤 느낌인지 알 것 같기 때문이다. 그건 바로 내가 "쿤데라 병" 환자였던 적이 있기 때문이다. "쿤데라 병"이라고까지는 이름 붙이지 않았지만(나는 불행하게도 나의 증상에 대해 말할 만한 사람이 없었다) 말이다. 쿤데라를 절망적으로 좋아했었다. 나는 당시 하던 일을 그만두고, 소설이라는 것을 처음으로 쓰기 시작했었다. 몇 개의 문예지에 투고했다. '몇 개'라고 하는 것은 내가 '몇 번'이나 실패했다는 말이다. 투고하면 바로 소설가로 데뷔할 수 있을 줄 알았었는데, 착각이었다. 분노와 절망이 교대로 나를 감쌌고, 원망할 수 있는 대상을 찾아 모조리 원망했다.

세상으로부터 버림받은 기분이었다. 나는 소설가 말고는 되고 싶은 게 없었고, 그때까지의 내 삶은 소설가가 되기 위한 잉여의 삶이라고 생각해왔는데, 그래서 맞지도 않는 일들을 하면서 살아왔는데, 소설가가 못 된다면 앞으로 어떻게 살아가야 할지 막막하고, 두렵고, 무서웠기 때문이다. 소설을 읽으면서 버텼다. 쿤데라, 존 드릴로, 쿳시, 안젤라 카터, 베른하르트, 슐링크 토마스 만… 좋아하는 작가의 소설들을. 그래서 '절망적으로 좋아했었다'라고 할 수밖에 없다. 나는 이것들 말고는 좋아할 수 있는 게 없는 사람이니 절망적으로 좋아할 수밖에 없었던 것이다.

내가 그런 사람이기 때문에 나는 누구보다도 델핀 루를 이해한다. 책으로 점철된 삶을 살고 있고, 책에서 빠져나와 다른 인생을 살고 싶기도 하지만, 모든 삶의 기준이 책으로 형성된, 아이러니한 그 여자를 말이다. 이를테면 이 문장을 보자. "그녀와 눈길이 마주치는 사람들은 자동적으로 그녀 마음에 들지 않는 인간들이다. 그리고 읽고 있는 책에 푹 빠져 있는 사람들, 매력적으로 보이지만 주변 상황은 안중에 없는 사람들과 마음을 꿈틀거리게 하는 사람들, 그런 사람들은… 그냥 자기들이 읽고 있는 책에 푹 빠져 있을 뿐이다. 그녀가 찾으려는 사람은 어떤 사람인가? 그녀는 자신을 인정해줄 남자를 찾고 있다. 그녀는 위대한 인정 능력을 지닌 사람을 찾고 있다."

그녀가 마음에 들지 않는다고 말하는, 책에 푹 빠져 있는 사람들, 바로 그게 그녀다. 델핀 루가 그런 사람이기 때문에 그 사람이 그렇다는 것을 알 수 있다. '책에 푹 빠져 있지 않은 남자'를 원한다지만 그건 불가능하다. 델핀 루 같은 여자는 책의 위대함을 알지 못하는 남자와는 만날 수 없는 여자이며, '그녀를 인정해줄 남자'가 되려면 그녀의 자질을 알 수 있어야 하는데, 그녀의 자질 중 가장 커다란 부분은 책을 떼어놓고는 말할 수 없기 때문이다. 이런 딜레마!

딜레마는 이것만이 아니다. 그녀는 지성과 함께 미모를 인정받고 싶어 한다. 미모를 노골적으로 드러내는 것은 촌스럽고 반지성적인 일이라며 자제하는데, 그렇다고 또 여학생처럼 순진하게 보이는 것은 싫어한다. 세련되고 자신만만하고 많은 것을 가진 이십대 파리 여자로, 누구보다도 어린 나이에 많은 것을 성취했으면서도 외적 매력까지 훌륭한, 아직까지 본 적이 없는 여자로 보이고 싶은 것이다.

교수로 임용되기 위한 면접을 보면서 델핀 루는 이런 문제로 고뇌한다. 결과적으로 교수로 임용되지만 그녀는 석연치 않다. 충분히 성공적이지 않기 때문이다. 자신의 의도가, 그렇게도 용의주도하고 섬세하고 사려 깊게 연출한 자신의 이미지가 충분히 관철되지 않았기 때문이다. 심지어 그녀를 면접한 교수는 그녀의 그런 속마음을 다 꿰뚫어 보는 것만 같다고 느낀다.

그녀의 마음은 이렇게 묘사된다. "그녀는 멋지게 보이길 원했는데 멋지게 보였고, 능변가로 보이길 원했는데 그렇게 되었고, 자신의 이야기에서 학자다움이 묻어나길 원했는데 그 점에서도 성공을 거뒀다고 그녀는 확신했다. 그럼에도, 그는 그녀를 마치 한낱 철부지 여학생인 것처럼, 별 볼일 없는 부부를 부모로 둔 하찮은 어린애라도 되는 것처럼 바라봤던 것이다." 그래서 그녀는 그가 견딜 수 없다. 그가 괜찮은 남자라서 더 견딜 수 없다. 그녀는 바로 그런 남자에게 인정받아야 했던 것이다.

'그'는 누군가. 콜먼 실크라는 남자다. 델핀 루는 그를 압도하고 싶었지만 압도당한다. 하지만 압도당했다는 걸 인정하고 싶지 않고, 그를 압도하지 못한 자신이 실망스럽고, 자신에게 압도당하지 않은 콜먼 실크가 불쾌하다. 누구보다도 인정받고 싶은 남자한테 거부당한 모욕감을 델핀 루는 견딜 수 없다. 그러므로 델핀 루는 외롭다. 웬만해서는 마음에 차는 사람을 만나기도 어렵고, 그렇다고 마음에 딱히 들지 않는 사람을 만날 수 있는 여자도 아니기 때문이다.

　고민하다 델핀 루가 택한 방법은 구인광고다. 자신에 대해
설명하는 것부터 쉽지 않다. 열정적이라고 하면 음탕하게 보
일까 두렵고, 지적인 면을 강조한다면 샌님 같은 남자들만
반응할까 두렵고, 귀엽다고 하면 너무 광범위한 범주에 자신
을 집어넣는 것 같고, 아름답다고 하면 상대가 지레 겁을 먹
고 접근하지 않을까 두렵다. 두렵고, 두렵고, 두렵다. 그러면
서 쿤데라 같은 남자를 원한다고 깨닫는다. 그런 글을 쓰고
그런 사고를 하는 사람, 그런데 허약하지 않은 몸과 지루하
지 않은 머리를 가진 남자, 낭만적으로 보이는 프로 권투 선
수 같은 외모… 그리고 명랑하고, 건강하고, 매력적이고, 솔
직하고, 비판적 유머를 갖춘 남자를 원한다고.

　여기까지 쓰다가 델핀 루는 깨닫는다. 자기가 쓴 이상형의
남자가 이미 자기가 알고 있는 남자라는 걸. 그게 누군가 하
면, 여러분도 짐작하다시피… 콜먼 실크다.

　델핀 루가 교수로 임용되었음에도 불쾌함을 지울 수 없었
던 것은 그를 매료시키지 못했기 때문이었다. 자기가 매료된
그 남자, 인정받고 싶었던 그 남자, 찬탄을 이끌어내고 싶었
던 그 남자, 그러니 어쩌면 세상의 거의 유일한 남자라고 할
수 있는 그에게 거부당했기 때문이었다. 나는 그런 기분이

뭔지 안다. 세상의 전부로부터 버림받은 기분이다. 사람은
그럴 때 견딜 수 없어진다.

여자는 순결한 삶만 살아야 하는데,
남자는 순결한 삶과 그렇지 않은 삶,
두 가지를 산다는 생각은 참을 수 없었다.

실비아 플라스, 『벨 자』

미칠 수밖에 없었던 에스더

에스더는 막 도시에 왔다. "19년간 촌구석에 살면서 잡지 한 권 못 사볼 형편이었던 여자애가" 뉴욕으로 온 것이다. 그냥 와서 아무 데나 머무르는 게 아니다. 부자 부모를 둔 여자애들이 묵는 여성 전용 고급 호텔에 묵고 있다. 매끼 호화로운 식사와 블루밍데일 백화점에서 쇼핑하는 특권, 발레와 콘서트, 화장품과 옷, 미용실 등등도 제공된다. 한 잡지에서 콘테스트를 개최, 당선된 '여대생' 열두 명에게 이런 특권을 주었던 것이다. 그래서 모두들 에스더가 최고의 시간을 보내고 있다고 생각하지만 에스더는 그러지 못한다. 그녀의 말을 빌리면 "휩쓸고 다니지 못했다". 전혀 충분하지 못했고, 그러니

충족되지 않았던 것이다.

그녀가 살았던 뉴잉글랜드에서는, 그녀가 다녔던 대학에서는 전혀 그러지 않았다. 에스더는 그게 뭐가 되었든 늘 휩쓸었었다. 에스더는 전액 장학금을 받으며 대학에 입학했고, 아주 아주 끔찍하게 여기는 필수과목(물리학과 화학이었다)마저도 혼자서 A학점을 따내곤 하는 예외적인 학생이었다. "물리학 수업을 받는 내내 속이 울렁거렸다. 참을 수 없었던 것은, 모든 것을 글자와 숫자로 쪼그라들게 만든다는 점이었다"라고 느끼면서 그럴 수 있다는 데 나는 경이를 느꼈다. 나 역시 물리학과 화학 같은 과목을 어쩔 수 없이 들어야 할 때 에스더처럼 속이 울렁거리는 증세에 시달렸던 사람으로서 그럴 수밖에 없었다. 어떤 대상을 끔찍이 싫어할 때 얼마나 에너지가 드는지 알고 있다. 그런데, 그렇게 강렬히 싫은 거라도 완벽히 해내려는 사람의 마음에 대해서는 가늠이 잘 안 된다. 완벽주의자가 아닌 사람은 완벽주의라는 마음과 기질에 대해서 잘 상상할 수 없는 것이다.

그렇게 살았던 에스더이니 뉴욕의 생활에 적응하지 못하는 걸 더 수치로 여겼을 것이다. 일단, 어떤 술을 주문하는지부터 문제였다. 위스키랑 진을 구별하지 못하고, 올드 패션드를 주문하는 친구에게 열등감을 느끼고, 아무것도 섞지 않고 보드카를 주문해서 사람들로 하여금 의아함을 산다. 나도 누군가가 보드카를 스트레이트로 주문했으면 이상하게 보았을 것이다. 보드카는 무색무취라 어떤 것과도 섞기 좋은 술이지 단독으로 마실 만한 술이 아니기 때문이다. 언젠가 상황에 맞는 술을 적절히 주문할 수 있는 사람이 되길 바라며 보드카를 스트레이트로 주문한 에스더는 이렇게 말한다. "보드카가 물처럼 맑고 투명해 보여서, 아무것도 안 섞는 게 맞을 것 같았다."

중요한 문제가 한 가지 더 있었다. 순결한 상태를 벗어나는 것. 그런데, 같이 잘 남자가 없다. 첫 경험을 나눌 상대가 없는 것이다. 아마 버디에게 실망하지 않았더라면, 버디에게 실망하기 전에 버디가 에스더를 좋아했더라면, 그래서 타이밍이 맞았더라면, 에스더는 버디와 잤을 것이다. 그러나 이제 에스더는 그럴 수 없다. 버디는 위선자이기 때문이다.

버디를 위선자라고 하는 것은 버디가 에스더를 속였기 때문이다. "포옹과 키스와 애무 따위를 할 때면, 단지 나를 보자 와락 격정에 빠져서 그런다는 듯 굴었다. 어쩔 수 없는 듯, 어쩌다 그런 짓을 저질렀는지 모르겠다는 듯"했던 버디의 행동은 연기였다. 한동안 호텔의 웨이트리스와 "여름 내내 1주일에 두어 번 이상" 자는 관계였다는 말을 듣는 순간 에스더는 순진한 척하면서 포옹과 키스를 할 때는 오히려 에스더로 하여금 경험 많은 사람처럼 느끼게 했던 버디가 견딜 수 없다. 그런 에스더를 실비아 플라스는 이렇게 적고 있다. "그 후 내 안의 뭔가가 얼어붙어버렸다."

나는 오히려 에스더가 너무 늦게 깨달았다고 생각한다. 시 쓰기를 희망하는, 무엇보다 시에 가치를 두는 에스더한테 이렇게 말하는 남자는 안 되는 거였다. 버디는 어느 날 에스더에게 시가 뭔지 아느냐고 묻는다. 에스더가 모르겠다고 하자 그는 으스대면서 말한다. "먼지." 에스더는 뭐라 할 말이 없어 "그렇겠네"라고 말한 뒤 두고두고 분해한다. 그래서 '시는 먼지'라는 버디의 말에 반박할 말을 생각하다 마침내 찾아낸다. 네가 해부하는 시체도, 네가 치료한다고 생각하는 사람들도 마찬가지라고. 다 먼지에 불과하다고. 훌륭한 시는 그런 사람 100명을 모아놓은 것보다 훨씬 오래 남는다고. 안타깝게도 버디한테 직접 이렇게 말하는 건 아니다. 에스더는 버디한테 이렇게 말할 것이라고, 상상 속에서 혼자 되뇐다.

그러고는 버디에 대해 이렇게 결론 내렸던 것이다. "물론 처음에는 위선자인 줄 몰랐다. 내가 만난 최고의 남자로 생각했다. 5년간 멀리서 사모한 끝에 그가 날 쳐다봐주었고, 그 후 나는 그를 사모하고 그는 나를 쳐다봐주는 아름다운 시기가 있었다. 그러다가 그가 날 점점 많이 바라보자, 우연히 그가 끔찍한 위선자라는 걸 알게 되었다. 이제 그는 나와 결혼하고 싶어 하지만, 난 그의 사람됨이 싫었다.”

에스더가 버디를 좋아했던 것은 그가 어떤 사람인지 몰랐기 때문이다. 그저 그의 집안과 배경, 다니는 의과대학, 보장된 미래, 잘생긴 외모 같은 것 때문에 인기가 있는 버디를 그녀도 다른 사람들처럼 좋아했다. 그랬다가 버디가 그녀에게 다가오면서 에스더는 버디를 ‘체험’하게 되는 것이다. 그러고는 버디가 얼마나 형편없는지 알게 되는데, 그렇게나 버디의 사람됨을 판별하는 데 오래 걸리는 건 에스더에게 남자를 만난 경험이 거의 없었기 때문일 것이다.

나는 에스더가 『휴먼 스테인』의 델핀 루와 비슷한 계열의 인물이라고 생각한다. 남달리 뛰어나고 기준이 높은 여자들. 그러니 이 세상에 그녀들에게 어울리는 남자들은 별로 없다. 모든 면이 마음에 드는 남자 같은 것은 없다는 사실을 알 정도로 똑똑한 그녀들이 그럼에도 불구하고 타협할 수 없는 한 가지가 이 점 때문인 것 같다. ‘직관력’. 직관이란 무엇인가. 느낌보다 위에 있는 것이다. 꿰뚫어 보는 것이고, 그다지 애쓰지 않고도 단번에 문제의 핵심에 도달하는 것이다. 그녀들은 꿰뚫어 보는 사람이기 때문에 그저 그런 남자로 만족

할 수 없다.

남자와 자는 문제가 에스더처럼 똑똑한 여자에게 중요한 것은, 에스더가 작가가 되고 싶기 때문이다. 그러려면 무엇보다 경험이 중요하다고 생각하는 그녀는 이렇게 적고 있다. "난 경험이 필요하다. 남자랑 자본 적도 없고, 아기를 낳아본 적도 없고, 다른 사람이 죽는 걸 본 적도 없이 어떻게 인생에 대해 글을 쓸 수 있을까?"라고. 한동안 나도 이 문제에 대해 꽤나 고민했었다. 나는 그다지 고난이라고 할 만한 것을 겪지 않았고, 내 인생에는 커다란 사건도 없었고, 내가 아는 건 책에서 본 것뿐이라고 말이다.

나는 에스더에 대해서, 에스더와 같은 삶을 이미 살았던 실비아 플라스를 생각하면서 이 끔찍하게 민감한 마음에 대해 생각하지 않을 수 없었다. 더군다나 1950년대라는 시대의 공기와 함께 그녀들을 떠올리면 말이다. 1950년대 여자들에게는 요리와 속기와 춤이 필수로 요구되었다는 걸 『벨자』를 읽어 알게 된 나는 에스더처럼 토할 것 같았다. 요리와 속기와 춤은 저마다 멋진 것인데, 이게 여자들에게 필수 덕목으로 요구되는 상황은 정말이지 끔찍하다. 남자를 돌보거나 보조하거나 기쁘게 하는 일들이 여자의 필수 덕목이었던 시대에 에스더 같은 여자는 미치지 않을 수 없었다.

"넌 분명히 알아야만 해.

(…) 나에겐 심장이 없다는 사실을 말이야.

(…) 내 가슴에는 부드러움이 전혀 없어.

동정심이나 감정 따위,

그런 바보 같은 것들은 나에게 전혀 없어."

———

찰스 디킨스, 『위대한 유산』

남자 없는 여자, 에스텔러

에스더에 이어서 에스텔러에 대해 써야겠다고 생각한 것은, 에스텔러도 남자 없는 여자이기 때문이다. 남자와 함께 살아가는 일에 곤란을 겪는다는 의미에서 그녀들에게는 '남자가 없다'. 에스텔러는 남자를 모른다. 사랑도 모른다. 아주 많은 남자들이 에스텔러를 원하지만 에스텔러는 그 누구도 원하지 않는다. 단지, 많은 남자들이 자신을 원하는 걸 원할 뿐이다. 그렇게 훈련받았기 때문이다.

고아여서 그랬다. 고아나 다름없는 처지였기 때문이다. 부자인 미스 해비셤의 양녀가 되는 대가로 그녀는 그렇게 되었다. 최대한 많은 남자들의 마음을 빼앗고, 산산히 부숴버리라고, 그렇게 남자들의 마음을 짓밟아버리라고 훈육되었기 때문이다. 결혼식 날 약혼자에게 버림받은 이후로 내내 남자들에 대한 복수심에 사로잡혀 있는 미스 해비셤의 '인간 병기'랄까. 그녀는 에스텔러가 성장하면서 남자들의 마음을 사로잡을 만한 자질을 보이자 자신의 부를 이용해 에스텔러를 숙녀로 훈련한다. 그리고 그 '훈련'의 방편으로 어린 핍을 이용한다.

그래서일까. 에스텔러는 마음 따위는 없는 여자다. 끔찍하게 민감한 마음을 가진 에스더와는 전혀 다른 인물인 것이다. 둔감한 것도 아니고 마음이 없다. 그래서 사람을 기계처럼, 그러니까 그 사람도 마음이 없는 것처럼 대한다. 그녀를 평생 사랑하게 되는 핍을 처음 만났을 때 어린 시절의 에스텔러는 이렇게 말했던 것이다. "이리 와 봐! 네가 원한다면 나한테 키스해도 좋아." 이렇게 등장하는 인물을 좋아할 수 있는 사람도 있을까?

바로 핍이다. 자신을 벌레처럼 보며 한껏 무시하다가 그녀가 이렇게 말했을 때, 불쌍하고 딱한 핍은 그럼에도 불구하고 에스텔러에게 키스한다. 모멸이 예정되어 있음을 알면서도 말이다. 예상했던 대로 에스텔러한테 심한 모욕을 받고 핍은 이렇게 말한다. "나는 이 키스가 상스럽고 천한 소년에게 동전 한 닢 던져 주듯이 주어진 것이라는, 그래서 아무런 가치가 없다는 느낌밖에 들지 않았다."

에스텔러는 『위대한 유산』의 주인공이다. 찰스 디킨스가 1861년에 발표한 『위대한 유산』은 다시 읽어도 재미가 없었다. 나한테는 말이다. 하지만 신기하게도 에스텔러, 에스텔러를 그렇게 만드는 미스 해비셤, 핍, 조, 미스 포킷 같은 인물들은 기억에 남아 있다. '전형적인 인물'이라 그럴 수도 있고, 찰스 디킨스가 '잘 써서' 그럴 수도 있다. 그렇다고 내가 그들을 좋아하는가 하면 그건 아니다. 그들은 종이 인형처럼 어딘지 납작하다. 그런데 왜 자꾸 생각이 날까? 안쓰러운 걸까? 그래서 그들의 납작함을 부풀려주고 싶은 걸까?

나는 점점 알아가고 있다. 세상에는 그렇게 단순한 인간 같은 건 없으며, 우리가 모르는 그 사람의 어떤 복잡한 면들로 인해 그는 매일같이 자신과 전투를 치르고 있다는 걸 말이다. 쉽게 말해지지 않는 모호함과 어지러움, 역겨움 같은 감정들로 사람의 얼굴이 이루어진 거라고 생각하는 나는 가끔 사람의 얼굴을 보다 그런 기분이 떠오르면 아찔해진다. 그래서 이야기를 위해 봉사하는 『위대한 유산』의 인물들이 안쓰럽게 느껴지는 것이다. 하지만 또 동정심은 들지 않는 것이, 그들이 진짜 인물이라는 생각이 들지 않아서다. 나는

'성격채집'을 하면서 주로 좋아하는 소설과 좋아하는 인물들에 대해 쓰고 있는데, 이번만은 예외다. 에스텔러는 도저히 좋아할 수 없는 인물이다.

에스텔러는 종종 '키스해봐'라고 하는데, 늘 적선하듯이 행동하는 여자이기 때문이다. 그래서일까. 책을 읽다 보면 내 앞에도 에스텔러가 던진 동전이 떨어져 있는 기분이 든다. 나는 그 동전을 주울 생각이 없지만 그 동전은 나한테 던져진 동전이기 때문에 기분이 좋지 않다. 그런데, 핍은 그 동전을 줍는 것이다. 핍은 그런 모멸감을 견디면서 아주 오랫동안 에스텔러 곁을 맴돈다.

핍이 에스텔러를 만나게 되는 것은 미스 해비셤의 저택에서였고, 해비셤의 저택으로 오게 된 것도 에스텔러의 놀이(?) 상대를 해주기 위해서였다. 핍이 에스텔러를 좋아하는 것을 아는 미스 해비셤은 핍에게는 에스텔러가 갈수록 예뻐지지 않느냐고 묻고, 에스텔러에게는 "그들의 마음을 사정없이 찢어놓아라"라고 귓속말로(하지만 다 들리게) 말한다. 나는 이 부분을 읽으며 실소를 금할 수 없었다. 마치 아동을 대상으로 하는 애니메이션에 나올 법한 인물이기 때문이다. 〈인어공주〉에 나오는 우르슬라 같은 캐릭터랄까?

이런 부분이 너무 유치해서 이 소설을 좋아할 수가 없는 것이다. 그렇게 흑마술처럼 주문을 거는데 빨려 들어가는 핍도 이해가 가지 않고, 여러 가지로 개연성이 떨어진다고 생각한다. 소설이 진행되는 내내 이 구도가 반복, 변주된다. 미스 해비셤은 둘을 조종한다. 핍은 에스텔러를 사랑하도록, 에스텔러는 그런 핍의 마음을 찢어놓도록.

"그녀가 나를 유혹하고 싶어 한다는 것, 그래서 그녀가 매력적으로 굴고 있다는 것, 그리고 혹시 필요하다면 노력을 해서라도 내 마음을 사로잡고 말았을 거라는 것"이라고 성인이 된 핍은 말하지만, 이건 거짓말이다. 핍은 늘 에스텔러에게 농락당하고, 자존심이 상하면서도 계속해서 에스텔러를 사랑하는 남자니까. 그는 에스텔러가 어떻게 해도 그녀를 사랑한다. 이 문장이 그 증거다. "나는 에스텔러가 나에게 당하게 할 수 있는 고문의 종류와 정도를 막론하고 다 겪었다. (…) 그녀는 나를 이용하여 다른 구애자들을 애태우게 했으며, 그녀 자신과 나 사이의 친밀함 바로 그 자체를 이용해 그녀에 대해 헌신적인 내 사랑을 끊임없이 경멸해댔다." 내가 앞에서 인용한 문장은 뒤에서 인용한 문장에 의해 성립하지 않음을 알 수 있다. 경멸당하면서 헌신적인 사랑을 보이는 남자를 에스텔러가 굳이 사로잡으려고 애쓸 필요는 없는 것이다.

에스텔러는 연애와 결혼과 이혼을 반복하며 살게 되는데, 한 번도 간절히 원해서 그렇게 된 적은 없다. 어쩌다가 그렇게 되었고, 그녀의 인생은 그런 잘못된 인연으로 인한 풍파 속에서 흘러가게 된다. 나는 '남자가 많다는 건 하나도 없다는 거나 마찬가지'라는 말을 에스텔러를 보면서 새삼 떠올렸다.

나는 이렇게 사랑할 만한 여자가 아닌 여자를 계속해서 사랑하는 남자로 '개츠비'를, 사랑할 만할 여자가 아닌 여자로 '데이지'를 앞부분에서 쓰기도 했었다. 나는 딱히 데이지에게 매력을 느끼지 못하는 사람이지만 에스텔러에 대해 생각하면 데이지는 꽤나 매력 있다고 생각하게 된다. 매력이란 절대적인 동시에 상대적인 것이기도 하니까 말이다.

애정을 느낄 수 없는 에스텔러이지만, '고아'였다는 그녀의 입장에 대해 생각하게 된다. 고아들은 빨리 나이 든다. 어서 자라야 스스로를 보호할 수 있으니까. 소설이나 영화에서 고아가 등장하면 이야기가 늘 이런 식으로 흘러가기 마련이다. 에스텔러는 좀 다르긴 하다. 아이일 때는 어른 같았고, 어른이 되어서는 어릴 때 모습 그대로다. 너무 빨리 자랐고, 어느 순간 자라는 걸 멈춘 것이다.

사실 에스텔러에게는 잘못이 없다. 어쩌다 고아가 되었는데 아름다웠던 게, 그래서 미스 해비셤에게 이용당했던 게 죄랄까? 어쩌면 에스텔러는 아주 심약한 여자일 수도 있다. 그래서 미스 해비셤에게 휘둘렸고, 고통이나 죄책감을 느끼지 않기 위해 마음을 없애버렸다. 그러니까 그렇게 쓴 디킨스의 문제다. 그렇다고 죄가 없을까? 그렇지는 않다. 에스텔러는 누구보다도 자기 자신에게 죄를 지었다. 나는 그렇게 살아왔고, 앞으로도 그렇게 살게 될 에스텔러의 마음과 인생이 안쓰러운 것이다.

그런 면에서 밀란 쿤데라의 『참을 수 없는 존재의 가벼움』에 나오는 테레사는 아주 드문 인물이다. 바로 그 '고아다움'으로 인해 사랑받기 때문이다. 그것도 어떤 여자에게도 정착한 적이 없는 바람둥이 토마스에게 말이다. 이제는 테레사에 대해 말할 차례다.

그녀는 육체를 통해 자기를 보려고 노력했다.

그래서 자주 거울을 보았다.

그녀는 그러다가 어머니에게 들키는 것을

두려워했기에, 거울을 보는 그녀의 시선은

은밀한 죄악의 흔적을 띠었다. (…)

그녀는 얼굴 구석구석에서

드러나는 자신의 영혼을 본다고 믿었다.

밀란 쿤데라, 『참을 수 없는 존재의 가벼움』

고아가 되기로 한 테레사

테레사는 고아가 아니다. 하지만 내가 생각하기에 테레사는 가장 고아 같은 소설 속 인물이다. 토마스가 테레사를 고아로 생각하기 때문이다. 그리고 고아 같아서 그녀를 사랑하기 때문이다. '송진으로 방수된 바구니에 넣어 강물에 버려진 고아'라고 생각한다. 그녀에 대해 거의 아무것도 알지 못하는 채로 말이다. 그렇게 생각하게 되자 토마스에게 테레사는 아주 특별한 여자가 된다. 1년이면 열 명에 가까운 새로운 여자들을 만나면서 절대 결혼 따위는 하지 않으려고 했던 토마스의 마음에 균열을 내기 때문이다. 그래서 토마스는 이혼 후 '절대 – 다시 – 하지' 않으려던 결혼까지 하게 된다.

남자는 어떤 여자와 결혼하는가? 나는 그 답을 모른다. 하지만 토마스 같은 남자들, 그러니까 여자를 만나는 게 외식을 하러 나가는 일처럼 무한한 '옵션'이 있고 결혼을 죄악으로 생각하는 남자들한테 결혼이란 어떤 건지도 알 것 같다. 자식을 얻거나 공동의 재산을 증식하거나 안락한 돌봄을 원하는 게 아님에도 그들이 결혼을 한다면 말이다. 아직까지 누려왔던 삶의 방식들을 버리고 그들이 결혼을 택할 때는 한 가지 이유밖에 없다. 그러니까 사랑. 그것이 생겨난 것이다.

안 지 얼마 안 된 여자를 보며 오래전부터 자신의 몸속에 있어왔다고 생각하는 게 사랑이 아니라면 뭐란 말인가. 또 그녀가 죽어가는 상상을 하며 자신도 살 수 없을 거라 생각하는 게 사랑이 아니라면 뭐란 말인가. 나는 이 부분을 읽다가 지난 사랑을 떠올릴 수밖에 없었다. 내가 사랑으로 고통스러운 것은 그 때문이 아니라 나 때문이었다는, 불편한 진실을 이제는 마주할 수 있게 된 것이다. 나 때문에 괴로운 것이었다. 그를 내 몸의 일부라고, 그를 알기 전부터 그가 내 몸속 어딘가에 있었다고 생각하니 괴로운 것이었다. 그가 단지 그 자체로 남아 있을 수 있다면, 내 몸으로 들어오지 않았더라면, 그런 일은 없었을 것이다. 그랬다면 덜 고통스러웠겠지만 또한 사랑은 아니었을 것이다.

그들은 어떻게 만나게 되는가. 우연에 의해서다. 의사인 토마스가 우연히 대타로 테레사가 살고 있는 시골 마을에 진료를 가고, 우연히 그가 묵고 있는 호텔 옆 술집에서 테레사가 일하고 있고, 우연히 토마스는 술을 마시러 가고, 우연히 테레사가 그의 주문을 받고, 우연히 토마스는 책을 보며 술을 마시고 있는데, 우연하게도 테레사는 책에 엄청난 의미를 부여하는 여자였던 것이다. 그렇게 겹겹의 우연이 겹쳐 그들의 역사가 시작된다. 테레사가 고향의 술집에서 서빙을 하던 그날, 탁자에 책을 펼쳐놓은 사람은 그 남자 하나뿐이었던 것이다.

테레사에게 책이란 그들이 같은 부류의 사람이라는 걸 증명하는 상징이었다. 그녀에게는 책밖에 없었기 때문이다. 좀 가벼운 소설부터 진지한 소설까지 도서관에서 빌려온 소설을 무더기로 읽으며 테레사는 다른 세계의 삶을 상상했다. 그뿐만이 아니었다. "책은 그녀에게 기회를 제공했지만, 그 자체로도 의미가 있었다. 그녀는 겨드랑이에 책을 끼고 거리를 산책하는 것을 즐겼다. 책은 그녀에게 19세기의 멋쟁이들이 들고 다녔던 우아한 지팡이와도 같았다. 책을 통해 그녀는 남과 자기를 구분지었다."

그래서 테레사는 '책을 펼쳐놓은 남자'에게로 가서 얼쩡

거린다. 그도 그럴 것이 테레사는 자기 동네에서는 책을 보는 남자 따위는 보지 못했던 것이다. 드디어, 기회가 온다. 남자가 술값을 호텔 숙박비에 포함해 달라고 말하자 테레사는 묻는다. 몇 호실에 머무느냐고. 6호실에 머문다고 하자 테레사는 이렇게 말한다. "이상한 일이군요, 6호실에 계시다니." 이렇게 말하는데 되묻지 않을 남자도 있을까? 역시 그는 뭐가 이상한지 묻는다. 테레사는 이렇게 답한다. "당신은 6호실에 머물고 나는 6시에 근무가 끝나거든요."

　나는 이런 부분을 보면, 꼭 소리 내어 말해보고 싶어진다. 한 번도 연기를 하고 싶었던 적은 없었는데 이상한 일이다. 마음에 드는 대화가 나오면, 그걸 그렇게 말해보고 싶어진다. 나는 테레사의 이런 재치가 책을 읽지 않았다면 가능하지 않았으리라 생각한다.

　책을 통해 이어진 남자 토마스에게 갈 때도 테레사는 책에 의지한다. 우아한 지팡이이자 그녀가 원하는 세계로의 입장권이자 또 마음의 의지처로서. 그래서 프라하로부터 200킬로미터 떨어진 테레사가 살던 보헤미아의 한 시골에서 토마스를 만나러 프라하로 갈 때 그녀는 『안나 카레니나』를 들고 간다. 그리고 그들이 같이 살게 되자 토마스는 『안나 카레니나』에 나오는 안나의 남편의 이름인 '카레닌'을 개에게 붙여준다. 책이 만들어낸 놀라운 기적이라고도 할 수 있다. 책을 읽는 사람이 거의 없던 동네에서 살던 그녀가 책을 사랑하는 남자이자 책에 나오는 인물의 이름을 따와서 개의 이름을 짓기까지 하는 남자와 살게 된 것이다. 책에 빠져 사는 사람들만이 느낄 수 있는, 누군가에게는 매우 쓸데없을 수도 있는 작은 도락을 나누며 살 수 있게 된 것이다.

우연이 프라하에 사는 토마스와 시골에 사는 테레사를 만나게 했다면, 그다음은 책이 했다. 책을 보는 토마스에게 테레사가 다가갔고, 책이 테레사에게 그런 재치를 발휘하게 했고, 또 책을 들고 테레사는 토마스에게로 갔던 것이다. 그러니까 그녀의 모든 것인 책! 책을 꽤나 많이 읽었을 그녀가 토마스가 사는 세계로 가는 입장권으로 고심해 택한 책이 『안나 카레니나』였던 것이다. 그렇게 그녀는 토마스에게로 갈 수 있었다.

책 덕분에 테레사는 지긋지긋한 시골 동네로부터 탈출한다. 테레사는 그녀의 엄마의 삶으로부터 달아나기 위해 책을 읽었다. 원래는 그녀만큼이나 아름다웠으나 세월의 풍파에 닳아 늙고 부끄러움이 없고 몰상식한 여자가 된 엄마처럼 되는 것은 싫었으니까. 책을 읽으면서 통찰력을 갖게 된 덕분에 테레사는 자신의 엄마가 그렇게 된 것처럼 자기도 그렇게 되지 않으리라는 법이 없다는 것을 알았고, 경계했고, 달아나기 위해 애썼다.

그래서 테레사에게 책을 읽는 건 오랫동안 거듭 거울을 보는 행동과도 비슷했다. 엄마와 닮은 자신의 모습에 몸서리치기도 하면서 또 엄마와 다른 삶을 원하는 자신의 모습을 비춰보기도 하던 거울을. "그녀는 육체를 통해 자기를 보려고 노력했다. 그래서 자주 거울을 보았다. 그녀는 그러다가 어머니에게 들키는 것을 두려워했기에, 거울을 보는 그녀의 시선은 은밀한 죄악의 흔적을 띠었다. (…) 그녀는 얼굴 구석구석에서 드러나는 자신의 영혼을 본다고 믿었다." 앞에서도 말했다시피 테레사에게 책이란 거울이자 지팡이고 상징이자 다른 세계로 가는 입장권이었던 것이다.

고아들은 빨리 나이 든다. 어서 자라야 스스로를 보호할 수 있으니까. 에스텔러가 그랬던 것처럼 테레사도 그랬다. 테레사 곁에는 그나마 책이 있어 다행이었다. 그래서 그녀는 계속 자라면서 새로운 세계를 흡수할 수 있었다. 앞에서 썼던 것처럼 스스로를 고아나 다름없는 마음 둘 데 없는 불쌍한 처지라고 여겼고, 책만이 나를 지켜줄 수 있다고 생각했었기 때문에 나는 그녀들이 모르는 사람 같지 않다.

"집에 있을 때가 훨씬 더 즐거웠어.
그땐 몸이 커졌다가 작아졌다가 하지도 않았고,
생쥐나 토끼의 심부름을 하지도 않았어.
토끼 굴에 뛰어들지 말았어야 했어.
그렇지만, 음, 그렇지만,
이런 게 더 흥미로운 인생이잖아!
이제 나에게 무슨 일이 생길까!"

———

루이스 캐럴, 『이상한 나라의 앨리스』

애벌레에게도 상냥한 앨리스

상냥하고 예의 바르다. 잘난 체도 하지만 자제할 줄도 안다. 자신감이 있으면서 취향이 분명하고, 귀엽고도 사랑스럽다. 똑똑하고, 탐구욕이 있고, 호기심으로 가득하다. 게다가 상상력이 풍부한데 용감하기까지 하다. 이런 사람이 있을 수 있을까? 현실에서는 본 적이 없다. 그렇지만 책에서는 있다.

앨리스다. 『이상한 나라의 앨리스』에 나오는 앨리스. 나는 앨리스가 거의 완벽에 가까운 인물이라고 생각해왔다. 그래서 매력이 반감될 정도라고 말이다. 소설 주인공으로 어울리는 인물이 아니라고도. 물론, 『이상한 나라의 앨리스』는 소설이 아니지만.

개인적인 생각이다. 나는 인간의 불완전함이나 결핍이 만들어내는 그림자에 끌린다. 침향나무 냄새를 맡게 될 때처럼 몸이 먼저 반응한다. 그 사람의 얼굴을 찬찬히 보게 되고, 그 사람이 걷는 모습을 보려고 그의 뒤에서 걷는다. 그림자라고 해도 좋고 음영이라고 해도 좋고 그늘이라고 해도 좋을 그것이 드러나는 순간, 나는 그 사람을 좋아하게 되었던 듯하다. 『참을 수 없는 존재의 가벼움』의 토마스가 '결혼 혐오'라는 평소의 소신을 버리고 테레사와 결혼하게 된 것에도 난 그런 면이 있다고 생각한다. 테레사의 그늘에 반응했던 것이다.

그늘이 없는 사람은 사랑할 수 없다고 생각해왔다. 그런데, 내가 좀 바뀌었다. 스스로를 바라보는 관점이 바뀌었다고나 할까? 나는 싫어하는 것이 너무나 많은 사람이라고 생각했는데 좋아하는 것도 너무나 많은 사람이라는 것을 알게 되었다. 알고 지내지만 가깝지는 않은 그녀의 이 말 때문이었다. "은형 씨는 참 신기해. 나는 좋아하는 게 너무 많은데 은형 씨는 싫어하는 게 참 많네?"라는. 해결하지 못한 숙제처럼 그녀의 말을 종종 떠올리다가 어느 날 알게 되었다.

내게는, 싫어하는 것들만큼이나 좋아하는 것들의 목록 또한 많다는 것을 말이다. 나는 형광등을 싫어하는 대신 촛불을 좋아하고, 초봄을 싫어하는 대신 초여름을 좋아하는 사람인 것이다. 그리고 그런 좋고 싫음이, 그 순간의 격렬한 감정이 나를 생생하게 살아 있게 한다고 느꼈다. 그 순간의 나는 마음에 들어오는 문장을 만났을 때와도 비슷하다. 머리가 맑아지고, 눈빛이 밝아지는지는 모르겠지만 주위의 소리가 더 잘 들리고 눈에 들어오지 않던 것들이 들어온다. 그리고 또 주변이 서서히 밝아지는 것 같다. 오늘의 태양이 남중고도로 가기 위해 운행하는 가상의 선 아래 서 있는 느낌이랄까. 또 싫어하는 것들은 좋아하는 것들을 지극히 사랑하는 마음의 반작용으로 생겨난 것이라는 것을 알게 되었다. 이를테면, 내가 싫어하는 것들은 내가 좋아하는 것들이 만들어낸 '그늘' 같은 것이었다.

그리고 내가 사람을 좋아하지 않는 사람이라고 생각했는데 사람을 꽤나 좋아한다는 것도 알게 되었다. 그들이 각기 다르기 때문이라는 것도 알게 되었다. 나와 비슷한 사람으로 둘러싸인 세계를 생각하니 갑갑해지면서, 나와 다른 이들의 다른 성격과 식성과 웃음 포인트와 취향과 관점과 말버릇이, 이런 다른 디테일들이 세상을 얼마나 흥미롭게 만드는지 깨닫게 되었던 것이다. 나는 무수한 삶의 디테일들을 사랑하는 사람이었다. 너무도 사랑해서 삶이 어지러워진 사람이었다.

나는 오랫동안 내가 인간미도 없고 감정이 메마른 비관주의
자인 줄로만 알고 지냈다.

그걸 알게 되자 또 알게 되었다. 내가 그늘이나 그림자만
큼이나 밝음과 명랑한 기운에 반응한다는 것을 말이다. 그동
안 내가 생각하는 '밝음'에 부합하는 사람을 본 적이 없어서
그런 사람을 좋아하는 줄 몰랐다는 것도. 밝음에 대한 기준
이 엄청나게 까다로웠던 거다. 나는 디테일을 사랑하는 사람
이니까.

앨리스가 바로 그런 사람이다. 밝고 명랑하고 쾌활하고
사랑스러운데 단순하지도 지루하지도 않다. 내가 가장 견
디지 못하는 것은 지루함인데, 밝은 사람은 좀 지루하다고
생각하는 편견을 갖고 있었고, 그래서 밝은 사람을 좋아하
지 못했던 것 같다. '밝은 사람은 지루한 면이 있다'라는 내
오랜 편견을 불식시켜줬다는 점에서 앨리스는 또 고마운
존재기도 하다.

앨리스라는 이 특별한 인물에 대해 이야기하려면 먼저
『이상한 나라의 앨리스』라는 특별한 책에 대해 이야기해야
한다. "황금빛 오후 내내 / 우리는 한가로이 물 위를 미끄러
졌네."『이상한 나라의 앨리스』는 이렇게나 매력적인 첫 문
장으로 시작되는 책이다. 다음으로 이어지는 문장은 또 어떤

가. "작은 솜씨로 노를 젓고 / 작은 팔을 부지런히 움직이네." 소설의 도입부이지만 시의 형식으로 된 이 소설의 도입부를 나는 특히 좋아한다. '황금빛으로 물든 오후 물 위에 미끄러지고 있는 사람들'이라는 이미지만으로도 아찔한데 여기 – 아마 아이들의 팔일 – 작은 팔을 움직여 노를 젓는 손짓들이 더해진다. 나는 그래서 이 책을 오랫동안 읽지 못했다. 몽상적이고도 황홀한 시작 부분에 붙들려 나른해진 나머지 앞으로 나아가질 못했던 것이다.

『이상한 나라의 앨리스』를 읽으며 솟아난 가장 강렬한 감정은 질투였다. 앨리스에 대한 질투. 나는 앨리스가 부러웠다. 말에 민감하고, 세련되고, 유머도 있고, 사려 깊고, 무엇보다 세상을 심도 있게 이해하고 있는 그녀가 말이다. 생후 일곱 살에 불과한데 어떻게 그런 인간이 있을 수 있는지 놀라웠다. 동시에 그녀는 운도 좋아서 이상한 나라에 떨어져서 위험하지는 않으나 박진감 넘치는 모험을 하고, 기묘한 동물들과 우정을 쌓고, 변신을 하면서 몸을 자유자재로 바꾸기도 하고, 무엇보다 끝내 안전히 집으로 돌아가기도 하니 말이다. 나는 앨리스가 겪은 일들이, 그녀의 경험들이 영국 여왕이 되어 영연방을 통치하는 것보다도 가치 있게 느껴졌던 것이다.

내가 앨리스에게서 가장 높이 평가하는 덕목은 예의다. 나는 애벌레에게 존댓말을 하고, 토끼한테는 "실례합니다, 선생님" 같은 말을 쓰고, 토끼 굴로 떨어지면서도 예의를 잃지 않으려는 앨리스가 참을 수 없이 사랑스럽다. 또 들은 사람이 없어도 정확하지 않은 단어를 쓴 걸 신경 쓰고, 우는 자신을 나무란다거나 하는 자신에 대한 긍지를 가졌다는 것도 좋다. 앨리스는 누가 보든 말든 그렇게 행동하는데, 내게는 그게 어떤 왕녀보다도 더 절도 있게 느껴진다. 나는 이렇게 왕녀처럼 행동하는 앨리스가 좋다.

게다가 앨리스는 이렇게 말할 줄도 아는 아이인 것이다. "집에 있을 때가 훨씬 더 즐거웠어. 그땐 몸이 커졌다가 작아졌다가 하지도 않았고, 생쥐나 토끼의 심부름을 하지도 않았어. 토끼 굴에 뛰어들지 말았어야 했어. 그렇지만, 음, 그렇지만, 이런 게 더 흥미로운 인생이잖아! 이제 나에게 무슨 일이 생길까!"

앨리스는 행복한 아이다. 그것도 본 적이 없는 유형의 행복한 아이. 자긍심이 넘치고 정서적으로 충족되어 있는 나머지 아무리 예기치 않은 일이 생겨도 헤쳐나갈 것만 같다. 인상을 쓰거나 견디는 게 아니라 즐기고, 웃으면서.

테레사나 에스텔러가 이런 유년을 보냈더라면 그녀들은

완전히 다른 사람이 되었을지도 모르겠다고 생각하면서 이 책을 읽었다. 내가 『이상한 나라의 앨리스』를 뒤늦게 읽으며 내가 가지지 못한 행복한 유년 시절을 다시 사는 느낌을 받은 것처럼 그녀들도 그랬으면 좋겠다는 생각이 드는 것이다. 에스텔러와 테레사는 이제라도 앨리스와 만나야 한다.

그런데 사비나를 유혹하는 것은
정조가 아니라 배신이었다.
정조란 단어는 일요일에 숲 너머로 지는 태양이나
화병 속의 장미 다발을 취미삼아 그리던,
청교도적이며 시골 냄새를 풍기는
그녀의 아버지를 떠오르게 했다.(…)
배신한다는 것이 무슨 뜻일까?
배신한다는 것은 줄 바깥으로 나가
미지의 세계로 떠나는 것이다.
사비나에게 미지로 떠나는 것보다
더 아름다운 것은 없었다.

―――――――

밀란 쿤데라,『참을 수 없는 존재의 가벼움』

검은 모자가 된 사비나

나는 『참을 수 없는 존재의 가벼움』을 읽고 관능에 대해 이해했다. 아마 처음은 아닐지 몰라도 이 책 덕분에 '관능'이 무엇인지 깊이 생각할 수 있었다. 관능이란, 무언가를 깊이 느끼는 몸과 마음의 상태다. 이건 내 몸과 마음을 거쳐 나온 정의라고 할 수 있다. 느끼려면 보아야 하고, 보는 것을 넘어서 관찰해야 하고, 그렇게 눈에서 머리로, 머리에서 척추로, 척추에서 피부로 느낌이 타고 흘러야 한다. 감각은 그렇게 열려서 관능에 이르는 거라고, 나는 생각해왔다. 밀란 쿤데라는 이렇게 썼다. "관능이란 감각을 최대한 동원하는 것이다. 그것은 상대방을 열정적으로 관찰하며 조그만 소리까지 들는 상태이다."

이 책의 앞에서 채집한 델핀 루를 기억하시는지. "쿤데라병" 환자를 자처하는 『휴먼 스테인』의 문학 교수 델핀 루는 '밀란 쿤데라 같은 남자'를 만나고 싶다고 한다. "자만하지 않으면서 엄숙함을 지닌 남자와의 형이상학이 가미된 섹스. 쿤데라 같은 사람. 그게 원래 계획인 것이다."라며. 『참을 수 없는 존재의 가벼움』을 읽다 보면 델핀 루가 말하는 '형이상학적 섹스'가 무엇인지 생각하게 된다. 누군가에게는 다른 모든 조건들이 충족되어도 바로 그것, '형이상학적 섹스'가 없다면 그와 절대 섹스할 수 없다. 사비나가 바로 그런 여자다. 관능으로 만들어진 여자.

어떤 느낌을 공유해야'만' 섹스할 수 있다. 사비나는 절대적으로 그렇다. 사랑도 중요하지만, 그것보다도 사비나에게는 느낌이 먼저다. 그녀를 사랑하지는 않는 토마스와는 '에로틱한 우정'을 나누고도 내내 그를 그리워하지만, 누군가에게는 완벽할 남자일 수도 있고 사비나를 절대적으로 사랑하는 프란츠와 '에로틱한 사랑'으로 발전할 수 없는 것은, 바로 그 느낌 때문이다. 토마스와 그녀 사이에는 느낌이 있고, 프란츠와 그녀 사이에는 느낌이 없는 것이다. 느낌은 내식대로 표현한 거고, 쿤데라는 그것을 '메타포'라고 말한다.

메타포란 무엇인가. 사전적 정의에 따르면, '은유'다. 'A'를 'B'라고 말하는 것. 은유에 대해 들어본 적이 없는 어린아이에게 말해야 한다면 나는 이렇게 말할 것이다. 둘 사이에 선 긋기를 하는 일이라고. 상식적인 선에서 선긋기를 하면 고개를 끄덕거리지만, 상식을 뛰어넘어 성공적으로 선긋기를 하면 그 메타포는 잊을 수 없는 게 된다.

『참을 수 없는 존재의 가벼움』에서 결정적 메타포는 '중절모'다. 사비나는 토마스와 중절모를 둘러싼 메타포를 공유하지만 프란츠와는 그러지 못한다. 토마스와 맺는 관계에서는 관능을 더하고, 또 여러 감정을 증폭시켰던 중절모가 프란츠에게는 우스운 것일 뿐이다. 속옷에 중절모를 쓴 사비나가 평소와는 다른 더 은밀하고 열정적인 섹스를 기대하며 프란츠를 바라보는데, 프란츠는 그저 당황스럽다. 그가 바라보는 사비나는 이렇다. "아름답고 섣불리 다가갈 수 없는 무심한 표정의 여자가 머리에 전혀 어울리지 않는 중절모를 쓰고 속옷 차림으로 서 있었다. (…) 그는 다시 한번 애인을 그토록 이해하지 못하는 자기 자신에 대해 놀랐다."

사비나는 관능적인 장면을 연출하고 싶었지만 – 토마스와 했던 그 행위를 재연하고 싶었지만 – 프란츠는 '중절모'를 전혀 그렇게 생각하지 않는다. 느낌이 공유되지 않는 것이다. 그렇다면 토마스는 어땠나? 사비나의 집에 왔다 중절 모에 사로잡힌 토마스는 사비나가 옷을 천천히 벗기 시작하자 그녀 머리 위에 중절모를 올려놓는다. 그들은 거울 앞에 서서 그들 자신을 바라본다. 중절모를 쓴 채로 옷이 하나씩 사라지는 사비나와 그런 사비나를 보는 토마스를. 이때를 회상하며 사비나는 이렇게 말한다. "그녀는 이 그림이 두 사람 모두에게 선정적이라는 사실을 문득 깨달았다."

중절모의 메타포를 토마스와 공유하기 전부터 사비나에게 중절모는 특별한 물건이었다. 보헤미아 작은 마을의 시장이었던 조상의 유품으로 전해져 사비나 아버지의 유품이기도 했으며, 외국으로 이민할 때 다른 물건을 포기하면서 선택한 특별한 물건이 중절모였다. 그리고 좀 더 시간이 지나서 오랜만에 고국인 체코를 떠나 스위스 취리히에서 만나게 되었을 때, 사비나는 속옷 차림에 그 중절모를 쓴 채로 토마스를 맞이한다. "그러자 예기치 못한 뭔가가 일어났다. 중절모는 우습게 보이거나 선정적이지 않았다. 그것은 지나간 시간의 유적이었다. 두 사람 모두 이에 감격했다. 그들은 한 번도 해보지 못했던 정사를 나누었다." 이렇게 중절모에는 새로운 의미가 하나 더 더해지고, 메타포는 빵처럼 부풀었던 것이다.

델핀 루가 만나고 싶었던 '밀란 쿤데라 같은 남자'라는 것은 토마스 같은 남자일 것이다. 메타포를 공유한다는 것은 어떤 정신 상태를 교환하는 것이고, 그런 걸 '형이상학이 가미된 섹스'로 부를 수 있으니 말이다. 델핀 루는 그런 남자를 만나본 적이 없고, 사비나는 토마스를 만났다. 사비나는 토마스를 원하지만 토마스가 사랑하는 것은 테레사고, 프란츠는 사비나를 사랑하지만 사비나는 프란츠를 원하지 않는다. 『참을 수 없는 존재의 가벼움』에서 이들의 관계는 메타포의 어긋남으로 설명된다. '중절모의 딜레마'랄까. 왜 우리가 사랑하는 남자는 나를 사랑하지 않고 나를 사랑하는 남자는 내가 사랑하지 못하는가에 대한 대답이라고 할 수도 있을 것이다. 사비나의 경우를 보자면 말이다.

앨리스로부터 사비나를 떠올린 것은 그녀들의 풍부한 상상력 덕분이다. 앨리스의 상상력은 미지의 세계를 이해하는 데 쓰인다면 사비나의 상상력은 미지의 세계로 달아나는 데 쓰이고 있다. 그리고 앨리스와 사비나는 너무 '그녀 자신들'인 데다 자기를 지키려는 꼿꼿함을 갖고 있다. 앨리스에게는 유연함이 있고 사비나에게는 없는데, 그래서 사비나는 견딜 수 없으면 달아난다.

그래서 사비나는 배신하는 여자다. 이 세계를 버리고 저

세계로 떠나는 여자. "그런데 사비나를 유혹하는 것은 정조가 아니라 배신이었다. 정조란 단어는 일요일에 숲 너머로 지는 태양이나 화병 속의 장미 다발을 취미삼아 그리던, 청교도적이며 시골 냄새를 풍기는 그녀의 아버지를 떠오르게 했다. (…) 배신한다는 것이 무슨 뜻일까? 배신한다는 것은 줄 바깥으로 나가 미지의 세계로 떠나는 것이다. 사비나에게 미지로 떠나는 것보다 더 아름다운 것은 없었다." 미지의 세계로 달아나는 것이 사비나의 배신이다.

사비나는 '공산주의'라는 아버지를 배신했고, 아버지의 청교도적 세계를 배신하기 위해 아버지가 싫어하는 남자와 결혼했고, 그 남자와 결혼한 게 아버지를 배신하는 것과 그리 관계없다는 것을 깨닫고 남편을 배신했고, 또 아내를 배신하고 그녀와 살기로 결심한 프란츠를 배신하고 낯선 곳으로 떠났던 것이다. 사비나가 이들을 배신했던 것은 무엇보다 이들이 상징하는 세계를 받아들일 수 없었기 때문이며, 또 그들과 자신 사이에서 공통된 메타포를 발견할 수 없었기 때문이기도 하다. 사비나를 보다 보면 인간은 피와 살만이 아니라 메타포로 이루어진 존재라는 생각이 든다.

그녀는 짧게 깎은 그의 뒷머리를
손으로 가볍게 어루만졌다.
"소시민님!" 그녀가 말했다.
"약간 침윤된 얼룩이 있는 귀여운 시민님,
나를 그토록 사랑하는 게 정말이야?"
그녀의 손길이 닿자 그는 감격에 겨운 나머지
두 무릎을 다 꿇고 머리를 뒤로 젖히고는
계속 말하기 시작했다.

———

토마스 만, 『마의 산』

인생의 즐거움을 누리는 쇼샤 부인

쇼샤 부인은 법칙을 초월하는 여자다. 숙녀가 해야 한다고 여겨지는 일들을 가볍게 비웃고 자기 식대로 산다. 결혼했지만 반지는 당연히 끼지 않았고, 남편은 아주 가끔 만나고, 연애도 하지만 남자에게 귀속되지 않고, 유럽의 여기저기를 여행하며 산다. 하지만 공식적으로 환자이기에 자유로운 여행이라기보다는 휴양지와 치료소를 여행한다. 어디에 있는지 알 수 없고, 종잡을 수 없다. 이게 쇼샤 부인의 정체성이다.

"그런데 너는 어디 있었어?" 그래서(?) 한스 카스토르프는 몇 년 만에 나타난 쇼샤 부인에게 이렇게 묻는다. 그럴 만한 자격이 있다고 생각하기 때문에. 쇼샤 부인은 그와 극적인 하룻밤을 보내고 난 다음 날 사라져 몇 년 만에 새로운 애인(그것도 엄청난 갑부이자 존경심이 들게 하는 '커피 왕')과 함께 스위스 베르크호프 요양원으로 돌아왔던 것이다.

나는 그의 채근과 원망 섞인 질문에 이렇게 대응하는 쇼샤 부인이 좋다. 일단, 의자의 등받이를 손으로 친 후 그녀는 이렇게 말한다. "꼭 야만인 같군요! 내가 어디 있었냐고요? 여기저기 있었지요. 모스크바에요. (그녀는 '무오스크바'라고 발음했다. 아까의 '인간적'이라는 말과 똑같이 나른하게 길게 끌며 발음했다.) 바쿠에도 있었고, 독일의 온천장들이며, 스페인에도 있었지요." 고작 하룻밤 같이 잔 사이면서 나한테 그런 걸 묻느냐는 항의로 그녀는 '야만인'이라는 단어를 쓰고, 그를 놀리듯이 또 유혹하듯이 나른하게 쇼샤 부인인 채로 모스크바를 '무오스크바'로 발음하는 것이다.

한스는 독일인이고, 쇼샤 부인은 러시아인이기에, 그들이 발음하는 언어들은 더 색다른 의미를 지닌다. 그들이 만난 베르크호프는 스위스에 있는 국제 요양원으로 전 세계 사람들이 묵고 있고, 여러 언어들이 들려오는 곳인데, 한스와 쇼샤 부인은 각자에게 능통한 언어로 동시에 말할 수 없는 것이다. 그래서 때로는 독일어로, 프랑스어로 이야기하기도 하는데 그럴 때마다 『마의 산』의 주인공 한스는 깊은 느낌을 받는다. 모국어로 말하는 것처럼 문장으로 원활하고 자유롭게 이야기할 수 없기 때문에 단어 하나 하나에 색채가 더해진달까.

내게도 그런 순간들이 있었다. 영국에서 영어로 음식을 주문하는 나를 보고 P는 한국어로 말할 때와 달리 내가 아주 사랑스러운 여자처럼 보인다고 했다. 그 말을 들고 보니, 나는 한국어를 말할 때보다 높고 부드러운 톤으로 말하고 있었다. 일본 홋카이도에서 만난 일본어를 한국어로 통역해줬던 한국인 통역사도 내게 깊은 인상을 남겼는데, 한국어를 말할 때의 그녀와 일본어를 말할 때의 그녀는 같은 사람이라고 볼 수 없을 정도로 달랐다. 한국어를 말할 때 털털한 목소리를 내던 그녀는 일본어로 말할 때는 거의 마음이 녹아내릴 정도로 상냥한 톤으로 말했던 것이다.

그래서 쇼샤 부인이 부러워졌다. 딱히 다양한 외국어를 할 줄 아는 사람이 부러웠던 적이 없었는데, 그건 소리와 발음의 관점에 대해 생각해보지 못했기 때문이었다. 러시아어를 말할 때와 프랑스어를 말할 때와 독일어로 말할 때의 그녀는 조금씩 달랐고, 나는 그런 미묘한 발음과 톤을, 그런 다채로운 음성과 발성을 소유한다는 것에 대해 생각했다. 그건 독창적이면서도 편하고 나를 나답게 만들어주는 100벌의 옷들을 소유하는 것보다 더 진귀한 일들로 여겨졌던 것이다. 그렇다, 쇼샤 부인은 옷을 갈아입듯이 말을 갈아입는 여자이기도 하다.

그녀의 '말'을 '옷'에 비유한 것은 쇼샤 부인이 옷 입기의 즐거움을 아는 여자라서 그렇다. 아침 식사 때는 소매가 넓고 하늘하늘한 레이스가 달린 아침 실내복을, 점심 식사 때는 커다란 단추가 있고 가장자리에 레이스가 달린 주머니가 있는 황금색 스웨터를, 산책길에서는 흰 스웨터와 흰 플란넬 치마를 입고 흰 구두까지 신은 그녀를, 한스는 하나도 놓치지 않고 감각하고, 기억한다. 쇼샤 부인은 내가 아는 한 가장 많은 옷을 입고 나오는 소설 속 인물이다. 옷을 입는 일을 사랑하기도 하지만 무엇보다 그녀를 사랑하는 남자가 그 옷들의 차이를 분별할 줄 아는 사람이라서 그렇다.

쇼샤 부인의 옷 입기에 거의 감명을 받은 한스는 이렇게 감탄한다. "아아, 인생은 아름다운 것이다!"라고. 그런 예술적인 옷 입기 방식에 대해 본 적이 없었던 한스, 심지어 '우리를 행복하게 해주는 관습'이라고 말하는데, 쇼샤 부인이 오늘은 어떤 옷을 입었는지가 한스의 일과에서 가장 큰 사건이 된다.

더할 수 없이 섬세한 남자 한스는 그녀의 발음들을 식별

하는 것만큼이나 쇼샤 부인의 옷들을 생생히 기억하면서, 거기에서 인생의 즐거움과 가치를 찾고 있다. 그건 한스가 지극히 섬세하고 예민한 마음을 가진 남자라서 그렇다. 마음을 진정시키고, 신경을 마비시키고, 멍한 기분이 들게 한다는 이유로 아침마다 흑맥주를 마시는 그는 음악이 흑맥주 같은 효과를 낸다는 것을 알기에 음악을 좋아하지만 삼가하는, 뭔가를 '깊이' 느끼는 남자다.

쇼샤 부인이 그토록 매혹적으로 그려지는 것은 바로 이런 한스의 눈을 통해 묘사되기 때문이다. 느껴본 적이 있지 않나? A라는 사람과 B라는 사람의 눈을 통해 말해지는 나는 같은 사람이 아닌 것 같다고 말이다. 또 어떤 섬세하고 예민한 마음을 가진 사람이 나를 사랑의 눈으로 볼 때 내가 가진 자질 이상으로 격상되는 느낌을 받기도 했던 일을 말이다.

그런 한스라는 남자의 눈을 통과해 묘사되는 쇼샤 부인은 그에게 시간을 더 깊고 섬세하게 향유하도록 일깨운다. 그래서 사촌 요아힘의 문병을 하러 온 요양원에서 떠나지 못하고 7년을 머무르게 된다. 딱히 아픈 것은 아니지만 사랑의 열병 때문에 열이 올랐다 내렸다를 반복하기 때문이다.

처음부터 그랬던 건 아니다. 처음에는 경멸했다. 그가 가장 견딜 수 없는 행동을 그녀가 했기 때문이다. 기분 좋게 아침 식사를 하던 중 누군가 문을 쾅 닫아서 기분이 상한 그는 몸을 부르르 떨며 꼭 범인을 잡아내겠다고 벼르는데, 그게 바로 쇼샤 부인이었다. 요란한 소리를 내며 들어온 그녀는 이상하리만큼 대조적으로 사뿐사뿐 걸어가고, 한스는 그녀의 걸음걸이를 노려봤다. 그게 시작이었다. "걸어가면서 한쪽 손은 양모 스웨터의 주머니에 넣고, 다른 손은 뒷머리로 가져가 머리카락을 받치며 매만졌다. 한스 카스토르프는 그 손을 살펴보았다. (…) 그녀는 그다지 여성스럽지 않았고, 머리카락을 받치고 있는 그녀의 손은 젊은 한스 카스토르프가 속한 사회의 여성들 손처럼 손질이 잘되어 있거나 우아하지 않았다."

그때부터 모든 것이 시작된다. 쇼샤 부인의 손, 발, 자세, 걸음걸이, 기분, 표정을 살피고 옷을 하나 하나 기억하다 결국 그렇게도 끔찍하게 여기던 쾅 하고 문 닫는 소리를 감미롭게까지 여기게 된다. 그리고… 그녀의 뒷머리를 매만지던 그녀의 손이 그녀의 뒷머리가 아니라 그의 뒷머리를 만지게 되는 순간이 온다.

그녀는 짧게 깎은 그의 뒷머리를 손으로 가볍게 어루만졌다. "소시민님!" 그녀가 말했다. "약간 침윤된 얼룩이 있는 귀여운 시민님, 나를 그토록 사랑하는 게 정말이야?"

그녀의 손길이 닿자 그는 감격에 겨운 나머지 두 무릎을 다 꿇고 머리를 뒤로 젖히고는 계속 말하기 시작했다.

그러고는, 그녀는 다음 날 그로부터 사라졌던 것이다. 나는 그런 쇼샤 부인을 사랑할 수밖에 없다. 그녀의 매력에 대해 거의 말하지 못했는데 벌써 글이 끝나버렸다. 쇼샤 부인에 대해서라면 책 한 권도 쓸 수 있을 것 같은 마음이 든다.

(세 마녀) 모두

아름다운 건 더럽고, 더러운 건 아름답다,
날아다니자, 안개와 탁한 공기 속을.

———

윌리엄 셰익스피어, 『맥베스』

운명의 자매인 세 마녀

나는 셰익스피어의 작품 중에 『맥베스』를 가장 좋아하는데, 그건 세 마녀가 나오기 때문이다. 그리고 그 마녀들은 내가 이 책에서 성격을 채집해온 세상에서 제일 멋지거나 이상하거나 독특한 여자들 못지않게 근사하기 때문이다. 그녀들은 한마디로 끝내주는 언니들이다.

아마도 『맥베스』는 1600년 초에 창작되었다고 추측되는데, 그 시기는 유럽에서 마녀 사냥이 가장 극심했던 시기(15세기에서 17세기)와도 겹친다. 그래서 당시에 창작된 작품에서 마녀들은 흉악하고 기괴하고 우스꽝스럽게 묘사되곤 했는데 『맥베스』에서는 전혀 그렇지 않다. 언어유희를 즐기는 지적이고도 유머러스한 마녀들이다. 그래서 나는 이 작품을 좋아한다.

그녀들은 대범하고, 똑똑하고, 통쾌하다. 그리고 엄청나게 스케일이 커서 세상을 상대로 장난을 건다. '세상'이라는 이름을 가진 체스 판에서 힘 있는 자들을 체스 판의 말로 써서 제대로 한 판 즐기고 있다는 생각이 든달까. 물론, 마녀의 관점에서 보자면 말이다. 맥베스나 맥베스 부인의 관점이 아니라.

나는 셰익스피어 연구자가 아니라서 그가 여자에 대해서, 마녀에 대해서 어떤 관점을 가졌는지 잘 모르겠지만 『맥베스』에서 마녀를 그리는 방식을 보면 그가 중세인이라고 느껴지지 않는다. 프랑스 구국의 영웅인 잔 다르크를 마녀로 몰아 불에 태워 죽인 이야기를 가져 오지 않더라도 중세인들이 마녀를 어떻게 취급했는지 우리는 알고 싶지 않아도 알고 있다. 코미디 영화 〈몬티 파이튼의 성배〉(1975년 작)에서도 우스꽝스러운 장면을 보았는데, 마녀로 지목된 여자는 코에는 '마녀 코 모형'을 달고 마치 코스튬 플레이라도 하는 것처럼 마녀 옷이 입혀진 채로 심판받고 있었던 것이다. 더 웃긴 것은, '백조(오리였을지도 모르겠다)와 무게가 같으면 마녀'라는 논리 아닌 논리에 의거, 백조와 함께 거대한 양팔 저

울에 달리는데 당연히 여자가 더 무거웠다. 그런데도, 사람들은 '마녀다, 마녀야!'라면서 여자를 화형대에 매달았던 것이다.

'맥베스'의 세 마녀는 천둥과 번개와 함께 등장한다(그리고 '맥베스'도 마녀들의 등장과 함께 시작된다). 동화 속 마녀들처럼 시시하게 올이 성긴 빗자루나 타고 다니는 게 아니라 웅장하게도 천둥을 타고, 번개를 타고, 또 비를 타고 오는 것이다. 그리스 로마 신화에 나오는 사냥의 여신 아르테미스나 전쟁의 여신 아테네의 흑화판이랄까. '천둥과 번개. 세 명의 마녀들 등장'이라는 지문을 근거로 나는 이런 이야기를 신이 나서 하고 있는데, 그저 나의 과잉 해석인 걸까?

그렇다면 첫 번째 마녀의 이 말은 어떻게 들리시는지? "언제 우리 셋이 다시 만날까, 천둥 울릴 때, 번개 칠 때, 또는 비 오실 때?" 나는 이 말을 계속해서 곱씹게 되는데, 아주 묘한 말이라 그렇다. 아마도 천둥과 번개와 비를 타고 오느라, 그것들을 몰고 올 수밖에 없다고 생각되는데 그걸 '우리가 만나는 때'라고 말하니 이상한 전도효과가 발생하게 되는 것이다. 원인과 결과가 뒤집히고, 결과가 원인을 이끄는 것처럼 만들기 때문이다. 그러면 전후도 뒤바뀌고, 시간도 헝클어지고, 공간도 뒤틀리게 된다. 나는 이런 식으로 언어를 쓰는 사람들을 좋아하는데 이건 세상을 뒤집는 일이 되기도 해서 그렇다. 그래서 볼테르가 하는 이런 말들을 좋아한다. "코는 안경을 걸기 위해서 만들어졌다."

내가 생각하기에 세 마녀의 매력은 무엇보다 그녀들의 이런 세상을 뒤집는 말에서 나온다. 앞 단락에서 인용한 첫 번째 마녀의 말을 두 번째 마녀가 어떻게 받는지 보자. "법석이 끝나고 싸움에 이기고 질 때." 싸움에 이기고 지는 건 어떤 걸까? 일부러 져주는 싸움이라는 걸까? 두 개를 내주고 받은 한 개가 두 개보다 훨씬 값어치 있는 한 개라는 걸까? 아니면, 짐으로써, 지는 행위 자체로써 교훈을 얻었으니 그래서 이겼다는 걸까? 아리송하다. 그렇다면 지고도 이긴 싸움도 있을 것이다. 나는 질문하게 되는 것이다. 그렇다면, 지고도 이긴 싸움을 해야 하는 걸까, 아니면 이기고도 진 싸움을 해야 하는 걸까? 딱히 싸움을 하고 싶진 않지만 싸움을 해야 한다면 필히 이겨야 하는 것인데, 마녀의 관점에서 보자면 이렇게 다른 차원에서 생각하게 된다.

그렇다. 그녀들의 말에는 힘이 있다. 세상의 모든 것을 의심하게 하고, 되돌아보게 하고, 뒤돌아보게 하고, 그렇게 나를 뒤흔든다. 내가 제일 좋아하는 부분은 바람을 가지고 노는 장면이다. 첫 번째 마녀가 그녀에게 원한을 품게 한 타이

거호를 괴롭히겠다고 하니 두 번째 마녀는 이렇게 말한다. "내가 바람을 하나 줄게." 세 번째 마녀도 말한다. "나두 하나 줄게." 그녀들은 바람을 지닌 여자들인 것이다. 그래서 바람을 만들기도, 바람을 일으키기도 하는 여자들. 마치 바람이 전투기나 순양함이라도 되듯이 첫 번째 마녀에게 바람을 지원하겠다고 하는 이 장면에서 나는 웃음이 터졌다. 그리고 이어지는 첫 번째 마녀의 말에서는 엄청난 통쾌함을 느꼈다. "그밖의 바람은 다 내 손아귀에 있어. 뱃사람의 해도에 나와 있는 곳이라면 내 바람들은 온갖 구석구석, 그것들에로 마음대로 불어댈 수 있지. (…) 배를 파선시킬 수는 없지만, 폭풍에 시달리게 하구 말 테야."라는.

맥베스가 글래미스 영주이자 코더 영주이자 왕이 될 거라는 세 마녀의 예언이 실현되자 그 예언을 같이 들었던 뱅코우는 그녀들을 '운명의 자매들'이라고 부른다. 『맥베스』를 읽다보면 그녀들이 그 예언을 한 이유에 대해 생각하게 되는데, 그녀들의 존재 이유가 바로 그거라는 생각이 든다. 뒤흔드는 것! 천둥과 폭풍과 번개가 대지와 대양과 대기를 진동시키듯 그녀들은 말로써 세상을 뒤흔드는 것이라고. '파선'시키는 게 목적이 아니라 '폭풍'에 시달리게 하는 게 그녀들의 목적이자 존재 이유라고 말이다.

이런 말을 하면서, 아주 즐기면서 말이다. "아름다운 건 더럽고, 더러운 건 아름답다. 날아다니자, 안개와 탁한 공기 속을." 내게는 그녀들이 세상을 상대로 현란한 그루브를 타면서 춤을 추는 것 같아 보이기도 한다. 춤의 목적은 춤 그 자체일 수밖에 없으니 말이다.

그녀는 아버지를 생각했다.
하필이면 아버지 생일에 자기와 동생이
아버지의 집을 마녀의 잔칫집으로
만드는 게 아닌가 싶었다.
결국 잠은 들었지만 악몽을 꾸었다.
바베트가 나이든 신도들과 필리파와
자기에게 독이 든 음식을 먹이는 꿈이었다.

————

이자크 디네센, 『바베트의 만찬』

내가 꿈꾸는 사람, 바베트

프랑스 여인 바베트가 비 내리던 밤 노르웨이 베를레보그에 있는 두 자매의 노란색 집으로 와서 초인종을 연달아 세 번이나 눌렀던 것은 그녀가 '마녀'로 몰렸기 때문이었다. 1871년 6월 프랑스에서의 일이다. 바베트는 '페트롤뢰즈'로 지목되어 붙잡혔다. 'pétroleuse'를 프랑스어 사전에서 찾으면 이런 뜻이다. 1.(파리코뮌 때에 석유로) 방화한 여자. 2. 맹렬 여성, 성격이 과격한 여자.

바베트를 두 자매의 집으로 보내는 이가 보낸 편지에는 이런 문장이 있었다. "인권을 위해 일어선 코뮌 지지자들은 싸움에서 지고 목숨을 잃었소. (⋯) 부인은 가진 것을 모두 잃었고 프랑스에 더는 있을 수 없는 처지라오." 파리코뮌 지지자였던 바베트는 남편과 아들을 총에 맞아 잃었고, 페트롤뢰즈로 찍혀 죽을 고비에 몰렸다가 가까스로 탈출해 노르웨이로 왔던 것이다.

　나는 페트롤뢰즈라는 이 단어를 보는 순간 아찔함을 느꼈는데, 파리코뮌 버전의 마녀라고 생각되었기 때문이다. 마녀라고 찍히면 마녀가 되었듯이 페트롤뢰즈라고 찍히면 페트롤뢰즈가 되었고, 그러면 살아날 길이 없었던 것이다. 그리고 '마녀'라는 단어의 남성형이 없듯이 '페트롤뢰즈'의 남성형이 없다는 것도 여러 생각을 하게 만들었다. '석유로 방화한 남자'도 분명히 있었을 텐데 '석유로 방화한 남자'라는 뜻의 단어는 생기지 않았고, '석유로 방화한 여자'라는 뜻의 단어만 생겼던 것은 어떻게 생각해야 할까. 나는 불필요하게 '여'가 붙는 단어들을 말하는 사람들을 볼 때면 나도 모르게 그 사람의 얼굴을 쳐다보게 된다. 여류작가 … 여판사 … 여선장 … 여대장 같은 말들 말이다. 여기에는 모두 '여자치고는 대단한데?'라는, 감탄일 수도 있고 야유일 수도 있는 속내가 담겨 있기 때문이다. 페트롤뢰즈에도 그런 뜻이 담겼다고 생각한다. '여자치고는 무서운데?'

　페트롤뢰즈가 되었기 때문에 바베트는 그 집으로 오게 되었된 것이다. 그렇게 노란 집으로 오게 된 바베트는 평생 결혼한 적 없이 같이 살고 있는 두 자매의 가사 고용인이 되었다. 좀 이상한 가사 고용인이다. 고도로 숙련되었으나 무보수를 자처, 12년째 일하고 있기 때문이다. 마르틴 루터의 이름을 딴 이름을 지닌 목사의 딸들은 가톨릭을 믿는 바베트를, 프랑스어를 쓰는 바베트를, 무엇보다 프랑스인 특유의 사치와 향락에 물들어 있을지도 모를 바베트를 부담스러워한다. '요리를 좀 할 줄 안다'며 바베트를 노란 집에 보낸 사람이 편지에 적긴 했지만 자매들은 곧이듣지 않고 바베트에게 요리를 가르친다. 그녀들은 모르고 있다. 바베트가 파리최고의 식당 카페 앙글레의 요리사였다는 것을.

지금 나는 "자매는 바베트에게 대구 요리 만드는 법과 맥주와 빵을 넣은 수프를 만드는 법을 가르쳤다"라는 이 문장에 담긴 고요한 평화에 대해 절실히 느끼고 있다. 최고의 요리사로 불리던 사람이 벽지로 와서 요리를 잘 모르는 자매들한테 요리를 배우고 있는 것인데, 바베트의 마음이 느껴질까. 파리 최고의 식당 '카페 앙글레'의 요리사였던 바베트지만, 그래서 세상의 온갖 진미들을 다양하고 섬세한 방식으로 요리하는 데 능통한 그녀겠지만, 그래서 미각이 엄청나게발달한 그녀였지만, 오히려 바베트가 그런 사람이었기에 북

유럽 스타일의 검박한 음식도 깊이 느꼈을 거라고 말이다. 사과 하나, 빵 한 쪽의 그 순수하기에 더 복잡한 맛을 말이다. 그래서 바베트는 자매들로부터 요리를 배운 지 일주일도 되지 않아 베를레보그 토박이 못지않게 대구 요리를 해내고, 바베트가 만든 수프와 빵이 "가난하고 아픈 사람들을 살찌우는 신비로운 힘"을 발휘하는 것을 자매들은 보게 된다.

그랬던 바베트가 딱 한 번의 만찬을 차리게 되는 것은 두 가지 일이 겹쳤기 때문이다. 바베트가 1만 프랑의 복권에 당첨되었고, 베를레보그 사람들로부터 존경받는 목사였던 자매들 아버지의 100번째 생일이 돌아왔던 것이다. 바베트는 두 가지를 부탁한다. 자기가 목사의 생일 만찬을 차리겠다는 것과 모두 자기 돈으로 하게 해달라는 것. 이게 자신의 기도이니 들어달라는 바베트의 간곡한 청에 자매는 어쩔 수 없이 허락하는데, 곧 자매들의 불안도 시작된다. 바베트가 재료를 준비하러 긴 여행을 떠나고, 집에는 바다거북이 배달되고, 자매의 집이 본 적이 없는 재료들로 북적거리기 때문이다. "그녀는 아버지를 생각했다. 하필이면 아버지 생일에 자기와 동생이 아버지의 집을 마녀의 잔칫집으로 만드는 게 아닌가 싶었다. 결국 잠은 들었지만 악몽을 꾸었다." 세속의 쾌락을 거부하며 살았던 아버지의 딸답게 먹는 것에 이렇게 대단한 정력을 쏟는 일이 두려웠던 것이다.

생일 만찬에 초대되는 사람이 모두 열둘이라는 사실은 종교적 감수성이 딱히 없는 나 같은 사람한테도 어쩔 수 없이 '최후의 만찬'을 떠올리게 하는 데가 있다. 빵과 포도주를 나누는 소박한 식사는 아니지만 말이다. 식전주로 셰리주인 아몽티야도(아몬티야도라고 쓰는데 책에는 '아몽티야도'로 나온다.)가 잔에 따라지고, 바다거북 수프가 나온 후 빵에 사워크림과 캐비어를 얹은 블리니 드미도프가 뵈브 클리코 샴페인과 함께 서빙된다. 샴페인의 톡톡 터지는 기포를 레모네이드 같은 것이겠거니 하며 마시는 신도들 사이에 파리의 카페 앙글레를 드나들던 로벤히엘름 장군이 있다. 장군은 음식이 나올 때마다 깜짝깜짝 놀라며 그 음식을 깊이 느끼는 전달자 역할을 하는데, 마침내 메추라기를 페이스트리로 감싸 여섯 가지 이상의 소스를 끼얹어 먹는 카유 엉 사르코파주가 나오자 그는 그 음식이 "육체적인 욕구와 정신적인 희열 사이의 경계를 느낄 수 없는 고귀하고 낭만적인 사랑"을 일깨운다고 말한다.

그건 1만 프랑짜리 저녁이었다. 12인분의 식사를 준비하기 위한 비용으로 1만 프랑이 들었고, 그래서 자기한테 이제 돈이 하나도 남아 있지 않다고 바베트는 말하고 있다. 바베트는 1만 프랑을 쓰기 위해 최후의 만찬일 수밖에 없는 그 저녁을 준비했던 것이다. 예수가 식탁 가운데 앉았다면 바베트는 주방에 있었다. 바베트가 없는 식탁에 앉은, 그녀와 다른 종교를 가진 이 '열두 제자'들은 뭔가를 깊이 느끼며 몸과 마음이 고양되는데 이 소설의 작가 이자크 디네센은 이렇게 적는다. "훗날 이날 저녁을 떠올릴 때, 그들이 그토록 고귀한 존재가 되었던 것이 자기들이 지닌 가치 때문이라는 사실을 전혀 깨닫지 못했다"라고.

이런 제대로 된 탕진을 할 수 있다면 얼마나 좋을까라고 생각하는 것이다. 돈을 돈답게 쓰며 온통 기쁨으로 바꾸는 그런 일을 할 수 있다면. '1만 프랑짜리 복권'이 당첨되길 바라면서 이제라도 복권을 사야 할까 싶기도 하다. 복권이 아니라면 나 같은 사람한테 큰 돈을 벌 일이 과연 있을까 싶기 때문에.

바베트를 떠올리면 나도 그런 후덕한 사람이 되고 싶다고 생각한다. 나를 늙거나 찌들게 하는 원망이나 원한 따위는 품지 않고, 쓸데없이 비장해지지 않으며, 슬픔은 기쁨으로 바꾸고, 지더라도 이기는 싸움을 하고 싶다고 말이다. 바베트를 생각하면 『맥베스』 나오는 이 말, "법석이 끝나고 싸움에 이기고 질 때"라는 말이 무엇을 말하는지 희미하게나마 알 것 같다.

이겨야 하는 싸움에서는 이겨야겠지만, 그러고 싶지만, 그게 꼭 내 마음대로 되는 것은 아니라는 걸 아는 나는 바베트처럼 말하게 될 것이다. "어떡하겠어요. 그것이 제 운명인데요." 나는 이 말을 하면서 바베트처럼 웃고 싶다. 바베트가 어떤 얼굴로 웃는지 모르지만 말이다.

참고문헌
실제 출간 순으로 나열했다.

17세기
1606
셰익스피어, 『맥베스』(셰익스피어 전집), 김재남 옮김, 을지서적

19세기
1815
제인 오스틴, 『엠마』, 이미애 옮김, 열린책들
1830
스탕달, 『적과 흑』, 이동렬 옮김, 민음사
1847
에밀리 브론테, 『폭풍의 언덕』, 김정아 옮김, 문학동네
1857
귀스타브 플로베르, 『마담 보바리』, 김화영 옮김, 민음사
1861
찰스 디킨스, 『위대한 유산』, 이인규 옮김, 민음사
1865
루이스 캐럴, 『이상한 나라의 앨리스』, 최인자 옮김, 현대문학
1868
표도르 도스토옙스키, 『백치』, 김근식 옮김, 열린책들
1877
레프 톨스토이, 『안나 카레니나』, 박형규 옮김, 문학동네
1891
토머스 하디, 『더버빌가의 테스』, 유명숙 옮김, 문학동네

20세기
1920
이디스 워튼, 『순수의 시대』, 고정아 옮김, 열린책들

1924

토마스 만, 『마의 산』, 홍성광 옮김, 을유문화사

1925

F. 스콧 피츠제럴드, 『위대한 개츠비』, 김욱동 옮김, 민음사

1931

피에르 드리외 라 로셸, 『도깨비불』, 이재룡 옮김, 문학동네

1948

J.D. 샐린저, 「에스메를 위하여, 사랑 그리고 비참함으로」, 『아홉 가지 이야기』, 문학동네

1958

이자크 디네센, 「바베트의 만찬」, 『바베트의 만찬』, 추미옥 옮김, 문학동네

1963

실비아 플라스, 『벨 자』, 공경희 옮김, 마음산책

1969

존 파울즈, 『프랑스 중위의 여자』, 김석희 옮김, 열린책들

1974

요한 볼프강 폰 괴테, 『젊은 베르테르의 슬픔』, 박찬기 옮김, 민음사

1984

밀란 쿤데라, 『참을 수 없는 존재의 가벼움』, 이재룡 옮김, 민음사

1985

가브리엘 가르시아 마르케스, 『콜레라 시대의 사랑』, 송병선 옮김, 민음사

2000

필립 로스, 『휴먼 스테인』, 박범수 옮김, 문학동네

21세기

2001

이언 매큐언, 『속죄』, 한정아 옮김, 문학동네

2002

미즈무라 미나에, 『본격소설』, 김춘미 옮김, 문학동네

당신은 빙하 같지만 그래서 좋다고
말하는 사람이 있어

초판 1쇄 인쇄 2021년 1월 21일
초판 1쇄 발행 2021년 2월 3일

지은이 한은형

책임편집 성유경
편집 유선사 이채연 박기효
디자인 김선미
마케팅 백윤진 채진아
홍보 김희숙 김상만 이소정
　　　이미희 함유지 김현지 박지원
제작 강신은 김동욱 임현식
제작처 영신사

펴낸이 고미영
펴낸곳 (주)이봄
출판등록 2014년 7월 6일 제406-2014-000064호
주소 10881 경기도 파주시 회동길 455-3
전자우편 yibom@yibombook.com
팩스 031-955-8855
문의전화 031-8071-8671(마케팅) 031-955-9981(편집)

ISBN 979-11-90582-40-7　03810

 springtenten　　 **yibom_publishers**